千寻 与世界相遇

樂 府

心里滿了,就从口中溢出

诗人X _{Xiomara}

THE POET X

[美]伊丽莎白·阿塞韦多————著
刘怀昭————译

北京联合出版公司
Beijing United Publishing Co.,Ltd.

致
凯瑟琳·博拉尼奥斯
和
我在巴克洛奇中学2010—2012届的学生们，
以及所有渴望照见自己的小姐妹们，
这本书是写给你们的。

第一部分

太初有道[1]

In the Beginning Was the Word

---

[1] 太初有道 (In the Beginning Was the Word),与本书第二部分的标题"道成肉身" (And the Word Became Flesh) 及第三部分的标题"旷野中的呼喊" (Crying in the Wilderness) 均出自《圣经·新约》,故这里遵循它们的中文通译。值得指出的是,中文通译中的"道",对应的英文单词"word",其原意为"言语""文字",在本书中的表达有双关的用意。

8月24日，星期五
闲坐阶上

夏天就是为屋前闲坐而设的，
再说，还有一个星期就开学了，
哈莱姆[1]正向九月睁开眼睛。

我四下打量我称为"家"的这条街。

看教会的老妇们从门前走过，
鞋跟扫着路面，嘴里跑着火车，
绕西班牙岛一圈的飞短流长；

瞥见老爸在街那头
打开了灭火栓，
任孩子们在喷洒的水中雀跃；

听吉卜赛车队鸣着喇叭，震耳欲聋的巴恰塔舞曲[2]
从他们打开的车窗里飘出，
与小公园篮球场上的喧闹声一决高低；

---
[1] 美国纽约曼哈顿区北部的黑人聚居区。
[2] 一种起源于多米尼加共和国的拉丁美洲乡土音乐。

笑那些老头子——我爸可不在此列——
一轮骨牌玩下来起劲地拍巴掌,
嚷嚷着"碰!"。

我摇摇头,不理会支起耳朵的毒贩,
他们对夏天的笑脸有格外敏锐的嗅觉,
他们会松开紧皱的眉头,
眼睛直勾勾地望向

穿夏装和短裙的女孩:

"哎哟,苏美拉,你也该像那样穿裙子啦!"
"呸,不等开学你就会成了人家的老婆啦!"
"特别是一想到你们这些教会女孩全都是怪胎。"

但我任他们笑话,享尽这最后一丝自由,
等着长长的影子告诉我
妈妈快要下班回家。

到我溜回楼上的时候了。

无处遁形

我无处遁形。

我比爸爸还高,所以妈妈常说
我是"大个子的小女孩"。
婴儿肥被塞进了 D 罩杯和摇摆的翘臀,
以致学校那些曾叫我"大鲸鱼"的男生
如今向我讨要穿内衣的照片。

别的女孩说我自以为是。骚!浪!贱!
当你的肉体比你的声音更有分量,
你便永远是被流言命中的目标。
这就是为什么我用我的拳头说话。
这就是为什么我学会了耸耸肩——当听到
我的名字被污言秽语所取代。

我要逼自己脸皮尽可能厚些。

"听着,孩子……"

是妈妈挂在嘴上的开场白。
当她一张口是:"听着,孩子……"
我就知道我又哪里做错了。

这次是:"听着,孩子,街对面的玛丽娜
告诉我你又坐在门口台阶上跟小贩说话。"

像往常一样,我闭紧嘴巴不去纠正她,
因为我并没有跟毒贩说话。
是他们跟我说话。但她说她不希望
我和那些男孩,或任何男孩,
说任何话,还说她最好不要听到我像一件湿衣服一样
挂在晾衣杆上等着人穿,
否则她会不顾一切把我的脖子拧断。

"听明白了?"她问,但不等我回答就扭头离去。

有时候我真想告诉她,这房子里唯一一个
无人倾听的人　　　是我。

名字

我是家里唯一一个

没有教名的人。

切!"苏美拉[1]"甚至不是多米尼加[2]人的名字。

我知道,因为我上网搜过。

这名字的意思是:准备迎战的人。

老实说,这个描述大致正确。

就连我来到这世上

也是以战斗的姿态:脚先出来。

医生不得不给妈妈一刀,我才出来。

那是在她产下

我的孪生哥哥沙维尔之后——他是顺产。

而我的名字让一些人念起来也很费劲,

像我出生时一样蹩脚和难受。

---

[1] 出自西班牙语"Xiomara",首字母为"X",因此苏美拉喜欢别人叫她"X",也喜欢称自己为"诗人X"。

[2] 即多米尼加共和国,位于加勒比海的北美洲国家。

非得我一字一顿：
苏、美、拉。
我已经学会在开学的第一天不畏缩，
等着老师卡壳儿傻傻念不出的一刻。

妈妈说她觉得这是个圣徒的名字。
给了我善战的天赋现在又成了咒符。
我还真是当之无愧。

我爸妈可能想要一个愿意坐在教堂长凳上的女孩，
身穿漂亮的花衣服笑逐颜开。
他们得到的却是军靴和一张沉默的嘴，
直到开口时像飞刀一样锋利。

第一句话

你真不是省油的灯啊!

是我这辈子常听到的一句话。
当我指关节擦伤走进家门的时候:

你真不是省油的灯啊!

当我洗碗不够麻利的时候,
或是忘记擦洗浴缸的时候:

你还真不是省油的灯啊!

有时也指好事情,
当我考得不错或百年不遇得了个奖:

你真不是省油的灯啊!

当我妈难产的时候,

而这全都是因为我，

因为我倒了个个儿，
他们还以为我会死掉；

或者更糟，
以为我会害她死掉。

所以他们在教堂围成一圈祷告，
连肖恩神父也到急救室来了。

肖恩神父握着我妈的手。
在她把我生出来的时候，

爸爸在医生身后踱着步，
听医生说这次接生是她经手过的最难的一次，

可我没死反而放声大哭，
挥动着我的小拳头。

而爸爸说的第一句话，

也是我听到的第一句话：

Pero, tú no eres fácil.
你真不是省油的灯啊！

妈妈的工作

是给皇后区的一座写字楼做保洁。
一大早换乘两次火车,
这样才能在八点钟赶到办公室。
她扫地、擦地
倒垃圾——毫不起眼。
她两手从不停闲——她说。
她的手指摩擦着橡胶手套,
就像掀开她那本翻得卷了边儿的《圣经》。

妈妈傍晚坐火车,
回哈莱姆要再花一个半小时。
她说她一路读着经文,
为晚间的弥撒[1]做准备。
我知道她没骗人。但如果是我,
我会把头靠在铁皮火车的内壁上,
把下摆前的手袋捂紧,闭上眼睛,
在车身的摇晃中,竭力入梦。

---

[1] 即聚会,天主教的宗教仪式。

8月28日,星期二
坚振[1]班

妈妈想让我接受坚振礼。

一晃已过了三年。

第一年,我初二,坚振班额满。

我们报名晚了一步,尽管妈妈费尽九牛二虎之力。

她没能给我和孪生哥哥争取到名额。

肖恩神父对她讲,我们等等也无妨。

第二年,卡莉达——我最要好的朋友——去了多米尼加旅行,

正待坚振班开课时,她拖延了归期。

所以我问能否再等一年。

妈妈挺不高兴,但她和卡莉达的妈妈是朋友。

哥哥没等我,当即上了课。

今年,妈妈填了表,

---

[1] 或称"坚振礼",基督宗教受洗前的仪式。

替我报了名，还送我到教会，

不等我告诉她：耶稣就像
我小时候常伴左右的朋友，

可它突然换了一副面孔；
时不时地不请自来，频频地给我发"短信"。

这个朋友我实在不觉得有多需要。
（我知道，我知道……就连这样写也是大逆不道。）

但今年我不知该怎么跟妈妈讲，
倒不是感觉没准备好，
而是知道内心的疑问已经有了答案。

上帝

绝非一两件事,
　　令我对"上帝"这两个字
　　　　　　　产生了疑问。

圣三位一体[1]中
　　　不包括圣母。
　　　　　　　这才是问题所在。

只不过随着我长大了些,
　　我开始真正发觉
　　　　　　教会会用怎样的手段

来区别对待我这样的女孩。
　　有时感觉就像
　　　　　　我的全部价值都在裙底,

而不在我两耳之间。

---

[1] 即圣父、圣子、圣灵。

　　　　有时我觉得

　　　　　　　　打我右脸时，我再送上左脸[1]，

会导致像我哥哥那样的人送死。
　　　　有时我觉得

　　　　　　　　我的生活本可以轻松些，

只要我不觉得亏欠
那位上帝，
　　　　　　而它似乎并非真正

在我身边　　　替我　　　做主。

---

[1] 语出《圣经·新约·马太福音》第五章："只是我告诉你们，不要与恶人作对。有人打你的右脸，连左脸也转过来由他打。"

"妈妈……"回家的路上我对她说

这句话在肚子里憋着。
我鼓起勇气,
像拉动滑轮
将它从嘴里提起。

"妈妈,要是我
不接受坚振礼呢?
要是我再等等——"

但她打断了我,
她的食指像个重重的惊叹号
在我的眼前晃动。

"听着,孩子,"
她开了腔,"我可不会
好吃好喝的,供着一个异教徒。"

她对我说我该报答上帝
我该奉献自己。

她对我说这个国家太宽松，
给小孩子太多选择。

她对我说如果我不在这儿接受坚振礼，
她就把我送到多米尼加去，
那儿的教士和修女知道
该如何教我虔诚无比。

我看着她指关节上的疤痕。
我真切地知道，她是如何学会了
信仰。

当你的父母老来得子

当他们对生孩子已不抱希望,
然后突然天赐了一对孪生子,
你就会被惊呼为"神迹"。
是祷告得到了回应。
是上帝之爱的象征。
邻居们见到你时
会比画着"十"字,
庆幸你不是妈妈腹中的
一个肿瘤,
庆幸街坊四邻只是一场虚惊。

当你的父母老来得子,续

你爸爸再也不沾朗姆酒。
他不再是酒馆的常客,
那是老男人去拈花惹草的地方。
他不再玩音乐,
那会给人一股带球灌篮的冲动。
你不会伴着悠扬的手风琴声长大,
也不会再听到圭拉[1]的"沙沙"声。

你爸爸会变成"一个严肃的人"。
梅伦格[2]或许是你们民族的舞曲,
但老爸会排斥任何
撩拨他心旌的歌声。

---

[1] 多米尼加一种特有的打击乐器。
[2] 多米尼加的一种交际舞曲。

当你的父母老来得子,又续

你妈妈会将你的名字刻在手链上,
另一边刻上"Mi Hija",意思是"我的女儿"。

这会成为你心爱的礼物。
这会成为一个被嫌弃的枷锁。
你妈妈会开始喜欢去教堂,
像一只鸽子展翅腾空。
她本就虔诚,而现在
望弥撒更是一天不落。

你会被逼着同去,
直到你的双膝领教了长凳上的碎木头碴儿,
焚香[1]时发出的霉臭,
神父甩一下长袍令全场肃静的动作,
所有挥之不去的疑问——
在你的心头轰鸣。

---

[1] 即烧乳香,常见于弥撒等天主教仪式中。

最后再说一句"当你的父母老来得子"

你会对此厌烦起来。

没有人——哪怕是你的孪生哥哥——
会明白你因降生
而背上的包袱；

你的妈妈眼里没有别的，
除了你们兄妹和上帝；
　　　你的爸爸似乎为赎罪而接受着
苦行，发誓要忍受孤独寂寞。

他们的凝视和只言片语
都沉甸甸地饱含
对你长大成人的期许。

有包袱感是忘恩负义的。

怨恨自己的出生是忘恩负义的。

我知道　　哥哥和我都是神迹。

我们不是天天被这么提醒吗?

听人八卦说

妈妈曾是个自负的女人。
他们说她,自以为是,目空一切,
头发甩得如此夸张,
真叫一个迎风飞扬。

妈妈出生在首都,
家住的地方尽是些酒鬼,
他们会在她的大腿上写诗奉承,
但妈妈唯一的心上人
是钉在十字架上的那一位。

自打小时候起
妈妈就想穿修女服,
就想祷告,就想尽快得到
进入天堂的
通行证。

听人八卦说,
妈妈是被逼着嫁给爸爸的。

是她家替她定的亲，
这样她就能到美国来。
这本来是一桩金钱交易，
但三十年后，他们仍在一起。

我觉得妈妈从未原谅爸爸，
因为他使得她对耶稣不忠。

或因为他做过的所有其他事情。

9月4日，星期二
第一堂坚振课

我真想一拳打在那些孩子的脸上。
他们盯着我看，简直不知所谓——
或缺乏教养——我确信他们的妈妈教过他们怎么做人。

我咬紧牙关，
一言不发，不让脏话脱口而出。
但我腰板僵硬，没办法释然。

不消说，我和卡莉达年龄稍大些。
但大部分孩子我们都低头不见抬头见，
有些去年还一起上过圣经研读班。

所以我不明白他们见到我们有什么大惊小怪的。
或许他们以为我们已经接受了坚振礼，
因为我们的妈妈们整天在教会出没。

或许因为我无法不板起的脸上
分明写着"让我去哪儿都行只要别待在这儿"。

肖恩神父

负责坚振班的课程。
他是我们圣堂教会的本堂神父,
从我一生下来就是。
也就是说他一直如影随形。

去年,给我们少年圣经研读班上课时,他并没这么严厉。
他带着轻柔的西印度群岛口音跟我们说话,
哄我们要向往光明。
也许我那时只是没留意到他的严厉,
因为年长的孩子总是说笑话,
或者问些重要问题。
我们还真的很想知道答案,比如:
"为什么我们非等到结婚?"
"要是我们想吸烟怎么办?"

但坚振课就不同了。
肖恩神父说我们得深入探讨
我们与上帝的关系。
"你们出于自愿接纳它进入你们的生命。

你们会被打上圣灵恩赐的印记。
这可是件严肃的事情。"

整个第一节课,
我都在咀嚼"自愿"这个词,
就像是一个从未品尝过的水果,
刚咬一口就酸掉牙。

俳句 [1]

肖恩神父滔滔不绝。
我却等着一个合适的机会
跟卡莉达交头接耳。

---
[1] 日本古典短诗,每首遵循三句十七音,由中国古代汉诗绝句演化而来。

男孩

X：你在多米尼加时有没有和男孩子亲热过？

卡：姑娘，打住。别总是谈论男孩。

X：可你要是没亲过男孩，干吗满脸通红？

卡：苏美拉，你知道我没跟男孩接过吻。就像我知道你也没有。

X：别这么看着我。我可没觉得这事有什么可自豪的——到现在还没接过吻。真是羞死人了，我们都快十六岁了。

卡：不要说那么难听，苏美拉，也不要冲我翻白眼。你到明年一月才满十六岁呢。

X：我只想说，我早就不想做修女了。跟男孩接吻……该死，我真的很想认识个男孩子呢。

卡：哦，上帝啊，姑娘，我真受不了你。看，这是《路得记》[1]，学着守点儿美德吧！

X：啧，啧。你在教堂里满嘴就是这些，都是些空话。算了吧！

卡：什么乱七八糟的。真是掐死你都不解气。我不知道我为什么会想你。

X：可能因为我比那些一脚踹不出屁的教友更能逗你笑吧！

卡：真是受不了你。好了，别操心接吻的事了。我保证有一天你会无师自通。

---

[1]《圣经·旧约》中的一卷书，圣经中以女性为主人公的书卷之一。

卡莉达和我不像朋友

我们不是同一枚硬币的两面。
我们从没被人误以为是姐妹。

我们看上去不像,听起来不像。
我们简直没道理是朋友。

我发飙时口无遮拦,随时准备以拳相向。
卡莉达满嘴圣经诗篇,主张息事宁人。

我跃跃欲试想感受一下看上男孩的滋味。
卡莉达却想等到结婚。

我怕我妈,所以我听妈妈的话。
可卡莉达尊重父母却是发自内心。

我应该恨卡莉达。她处处像我父母心目中的女儿。
她处处是我做不到的。

但卡莉达、哥哥,还有我,从穿尿片时就很熟。

我们一起过生日，上圣经研读班，

一起在外露营，平安夜也一起度过——在她家
或在我家。

她了解我的程度无须多言，
看看我的脸色就知道是不是山雨欲来，

就知道我是想听她开玩笑，还是想骂人，
或是需要跟我谈谈。

多数时候，卡莉达的判断并非一味地假正经。
她了解我所有的疑问——

关于教会、男孩、妈妈。
但她从不说我错了。

她只是那样看我一眼，
满是爱怜，然后告诉我说她知道

我会一一搞定的。

我的疑问

若没有妈妈那些赖克斯岛监狱[1]一样的家规,
我不知在跟男孩交往方面
我会是个什么样的人。

这太复杂了。
一段时间以来我滋生出各种情感,
比以往更留意男孩。

而且我颇得小伙子们的青睐,
但这感觉却像圣可乔杂烩汤[2]一样五味杂陈。

这汤的配料不一而足:
部分是受宠,因他们觉得我有魅力;
部分是受惊,因他们只对我的身材感兴趣;
然后再撒上些"妈妈会杀了我"的恐惧。

我会不会因为太倾心于一个男孩而迷失方向?

---

[1] 美国最大的监狱中心,以"危险"和"可怕"闻名。
[2] 多米尼加等许多讲西班牙语国家的国菜之一。

就像家住阿姆斯特丹街的伊莲娜那样!
三个娃,没爸爸,
墙上挂着围嘴,而不是毕业证书。

我会不会因为太倾心于一个男孩而让他伤我的心?
结果像妈妈一样愤懑、苦涩,
走来走去地喊叫着"男人都不是东西",
甚至不顾爸爸和哥哥也在同一间屋里。

我会不会因为太倾心于一个男孩而……
而那些事都还没有发生。
它们只是我内心的天平。

像我这样一个女孩又怎能掂量出
爱一个男孩意味着什么?

9月5日，星期三
开学日的前夜

我躺在床上，
想着新的学年。

我感到自己
正将周身的皮肤扒开来。

尽管有着亚马孙女战神[1]般的身材，
我还是为自己的内在感到渺小。

我想把自己打开，
像一枚鸡蛋猛地磕在桌子边缘。

老师们常说
新学年是一个新的开始，

但还没等这一天到来
我就觉得自己已经展开。

---

[1] 出自古希腊神话。

9月6日，星期四
高中

我的高中是老旧的校舍，

大萧条时期[1]建的，或诸如此类。

同学们来自五大区[2]，大多坐公车或火车。

但对我来说是本地学校，天气好时可以步行上学。

奇泽姆高中松松垮垮地坐落在那里，盘踞着整条街，

红砖房、有围墙的校园，校园里有篮球筐和长椅。

不像哥哥的天才学校那么花里胡哨：玻璃幕墙、未来派。

我们这儿是典型的街坊学校，而且并不很久以前

它还被视为全市最糟的学校之一：

一大早就有学生斗殴，教室里流行商品交易。

如今已再不是那样，但有一件事我很确定，

那就是名声一朝即可建立，要改变印象还需日累月积。

---

[1] 1929年至1933年间从美国开始的全球性经济大衰退。
[2] 构成纽约市的五个行政区。

所以我走过金属探测器,被翻开衣兜,
唤着保安的名字问好;而我只是全校几百人之一,

所有人都像过筛子一样每天经过这几道门。
我低着头,不惊起一朵浪花。

我琢磨我想说的是,这地方就是个地方而已,
既非安全,也非不安全,只是一种手段,一种方式——

更接近逃脱。

嘉利亚诺女士

出乎我的意料。
每个人说起她，
都好像她超级严厉，
总是布置
最难的作业。

所以我以为她是一位上了年纪、
一本正经、头发软塌塌、
穿一身套装的老师，
鼻尖上挂着一副眼镜。

嘉利亚诺女士很年轻，衣着艳丽，
一头天然的鬈发。
她还很娇小——怎么说呢，真的是小巧玲珑。
但她气场很大，明白我的意思吗？
意思是她我行我素，
随便人怎么想、怎么说。

今天，我上了她的第一节英语课，

经过一小时十五分钟打破僵局的开场,
我们知道了彼此的名字——
嘉利亚诺女士念我的名字时,一下就念对了。
她给我们布置了第一篇作文:

写写你生命中对你影响至深的一天

尽管这是开学第一个星期,
尽管老师们总在第一个星期装模作样,
但我还是有一种感觉,就是嘉利亚诺女士
真的想知道我的回答。

第一篇作文的草稿——《生命中对我影响至深的一天》

是我来月经的那天,小学五年级。就是这样的一天为我的孩提时代画上了句号。
下一句全部大写[1]。

没人讲解过该做什么。
我听比我大些的女孩子谈论过"每个月的那时候",但从没听说过那时候该用什么。

我回到家时妈妈还没收工。
我去厕所,只见内裤被血弄脏了。我把哥哥从电脑前推开,搜索"那地方的血"。

然后我偷拿了妈妈藏在锅底的钱,
买了棉条塞进身体,
就像肖恩神父给圣餐的葡萄酒塞瓶塞那样。

快到夏天了。我穿着短裤。

---

[1] "全部大写"是一种网络语言,代表愤怒情绪的宣泄。

棉条被塞得不是地方。只塞进一半。
大腿之间，血糊了一片。

妈妈回到家的时候我在哭。
我指了指棉条说明书，
妈妈伸出手，但没去接，
而是用手背抽了我一巴掌，动作太快以致打破了我的嘴唇。

"好女孩是不用棉条的。
你真的是来月经了吗？"

我不知怎么回答。我只会哭。
她摇摇头，让我那天不用去教堂礼拜，
然后将整盒棉条扔了，说那是坏女孩用的。
说她会买卫生巾给我。说十一岁太早。
说她会代我祈祷。

我不懂她在说什么。
但我停止了哭泣。我舔了舔开裂的嘴角。
我祷告，我祈求，血别再流。

第一篇作文的定稿（我实际上交的）

苏美拉·巴蒂斯塔

9月7日，星期五

嘉利亚诺女士

《生命中对我影响至深的一天》定稿

十二岁那天，我的孪生哥哥省下足够的午餐费给我买了一件好看的东西：笔记本。（我则给他买了些指节钢套，让他用于防身，但他将这些东西用在了一项科学实验的导电上。我哥哥是个天才。）

这个笔记本并非学生们常用的那种千篇一律的冰冷样子。他是从书店买的。封面是皮质的，上面凹刻着一个女子向天空伸出双臂的形象，内页印着些励志的语录，像花瓣一样散落在页面上。我哥哥说我寡言少语，所以他希望这个本子可以为我提供一个记录思想点滴的地方。时不时地，我会给我的想法穿上诗歌的衣裳。想看看我的世界会不会因我写下这些诗句而有所改变。

  这是第一次有人给我一个收藏自己思想的地方。在某种意义上,哥哥似乎是在说,我的思想很重要。从那天开始,我每一天都在写。有时,写作似乎是使我免于受伤的唯一途径。

日常

每个学年都是一样：
我一放学就回家。
因为妈妈说我是"家里的小小女主人"，
帮她做家务是我的工作。

所以，放学后我先吃个苹果——我喜欢的零食——
然后刷碗、打扫，
拂去妈妈供奉的圣母祭台上的灰尘。
如果爸爸在家，千万别挡了他的电视，
因为他讨厌我在电视前面打扫——
在他看新闻或红袜队[1]比赛时。

这是我和哥哥少有会发生争吵的事情之一，
凭什么洗洗涮涮的破事都是我的？
他永远不用动真格却还是更受妈妈的宠。

他在家时会帮我叠叠洗好的衣服，
或刷刷浴缸。但他不做谁也不会怪他。

---

[1] 美国职业棒球大联盟球队。

我耳边响起妈妈那句口头禅:

"听着,孩子,生活是不公平的,

这就是为什么我们得靠奋斗才能进天堂。"

小侍者 [1]

对妈妈来说，哥哥比我乖。他喜欢教堂。
他这样一个科学怪才，
却不像我对《圣经》有那么多疑问。

他从八岁起就做了小侍者，
能背诵《新约》中的金句——西班牙语或英语都行——
十岁起就主持圣经研讨班的讨论，
比神父还有声有色。（我不是要对肖恩神父不敬。）

今年他甚至去圣经夏令营做了义工。
眼下开学了，他会想念
他的营友们制作的"耶稣受难像"模型，
是用冰棒棍做的，塑造出
马槽边的玛利亚，还用弹珠拼成镶嵌图案。
他把它挂在了我们房间的窗前，

今天下午打扫房间时我把它扔出了窗外，
眼看它从防火梯的隔栏间跌落。有那么一瞬，

---
[1] 罗马天主教中协助神父举行弥撒的男孩。

它被阳光映射得五彩斑斓,
　　　　　直到掉在地上摔得粉身碎骨。

我会跟哥哥道歉的。说是我不小心。
他会原谅我的。他会装作相信我。

哥哥的名字

从我记事起
我从来只叫哥哥"双胞"。

他其实是以一个圣徒的名字命名的,
但我从不喜欢那么叫他。

那是个还不错的名字,反正诸如此类,
甚至和我的名字一样以"X"打头。

但那叫起来不像我所熟悉的哥哥。
他的大名是给妈妈、老师和肖恩神父叫的。

但"双胞"只有我这么叫,
提醒着我们永远是一对儿。

再说说"双胞"

尽管哥哥比我早出生近一个小时——
轮到生我的时候情况比较复杂——
但他并不显得有多成熟,反而比我还稚嫩。

小时候,我一进家门,
指关节上总会有擦伤血迹,妈妈会唉声叹气地
摇着我说:"你怎么总是打架!
为什么你不能做个淑女?或者像你哥哥那样?
他从不打架。这不是上帝教你的。"

哥哥会与我对视——
站在屋子的另一边。我从不告诉妈妈——
他不打架是因为我的拳头
都是为他打出去的。我的双手懂得
当他被其他小孩欺负的时候
该出手时就出手。

哥哥天生就像轻轻的口哨:
安静,轻声细语,风过无痕。

而我生来就是他需要的暴风，
能把那些伤害他的人卷起
然后摔在地上。

9月11日，星期二
这只是高一的第一个星期

到了高中就是一团糟。

初三还介乎中间，

不再算是初中生，

但仍被人当成孩子。

初三的时候你总是像被冻僵一样，

尽力不哭也不笑。

直到你发现没人在乎

你的脸上是哭还是笑，只在乎你的手要做什么。

我以为高一会不一样，

但我还是感觉像一只孤单的虾，

在溪流中随时会被

弱肉强食，

虾壳太软的先被吞掉。

今天我就不得不呵斥了一个

扯我衣服的小子，

还把一个高年级学生推进了储物柜，

因为他想在我耳边窃窃私语,

"身材不错哦,"他们说,
"我们知道你这样的女孩想要什么。"

而我对自己感到厌恶,
因为竟有一丝兴奋感
令我的背部一颤,

与此同时又巴不得
把自己的身体藏起来,
蜷缩到最不起眼的角落。

被注视的感觉

如果美杜莎[1]是多米尼加人,
并且有个女儿,我觉得那就是我了。
我的相貌和感觉都像一个神话,
一个被扭曲的故事,等待他人驻足
凝视。

    细密的鬈发像烟花
在我的头上爆炸,丰满的双唇紧闭
像剃刀的锋刃,睫毛太长
令我堪称"大美女"。

    如果美杜莎
是多米尼加人,并且有个女儿,她或许
会为这个咒符感到吃惊:何以她的血
总会成为某个假英雄的使命?
何以她总是被追杀、被征服?

如果我是她的孩子,美杜莎会告诉我她的秘密:

---
[1] 古希腊神话中三位蛇发女妖之一。

何以她的容貌能令男人意乱情迷？　　何以他们还是前仆后继？
当他们苦苦纠缠的时候，她又如何摆脱他们？

球赛

这是夏日最后几个暖洋洋的星期六之一。
哥哥、卡莉达和我去了山羊公园。
它位于上西区。

小时候除了溜冰,
哥哥和我都不偏爱运动。
但卡莉达喜欢"尝试新的社交活动"。
而这个星期有一场篮球赛。

我们三个总是这样形影不离。
尽管我们很不一样,
但我们从小就一拍即合。

有时哥哥和卡莉达
更像一对双胞胎,
但我们一生都是朋友。我们是一家人。

我们能感到凉风嗖嗖已经带着寒意。

很快将是穿帽兜夹克的天气,
接着就是穿防寒服的冬季。
但眼下仍算暖和,还能穿T恤,
为此我有点儿庆幸,是为了那些光着上身的球员吗?
  他们都好棒——

穿着球裤跑来跑去,没有穿背心,
肌肉上汗津津的,皮肤油亮。
我斜倚着围栏,看他们
在球场上飞奔跳跃。

卡莉达的目光紧跟着球,
但哥哥眼里只有一个球员,和我一样紧盯着他不错眼珠。
当哥哥意识到我在看他,便摘下眼镜假装用衣角擦拭。

球赛结束时(戴克曼队赢了),
我们随着人流推搡着散去。
但就在我们走到大门口的时候,一个球员——
跟我们差不多年纪——在我面前站住。

"发现你一直盯着我不放啊,美女。"

该死。最近我总是忍不住看人——
毒贩、球员，还有火车上的随便谁谁。
但我虽然喜欢看，却不想被人发现。

突然间我意识到球场上
有许多男生驻足看我。
我冲着这球员摇摇头、耸耸肩。
哥哥抓住我的胳膊要把我拽走。
这球员转向哥哥。

"哦，这是你的女友？身材不错！
你这小个子怎么对付得了她？"

我看到他的坏笑，
看到他用一只手捂着肚子。
我挣脱哥哥，不顾卡莉达倒吸的一口冷气，
上前一步，凑到这家伙的眼前：

"哥们儿，你凭什么觉得你能'对付'我？
我看你连个球也对付不了吧？"

他霎时收起了笑脸。我嘬了嘬牙花；围在四周的男生们开始大笑着起哄。我扬着下巴，大摇大摆地分开了众人。

后来

这种事发生在酒窖。
这种事发生在学校。
这种事发生在火车上。
这种事发生在月台上。
当我坐在屋前的台阶上。
当我走到拐弯的地方。
当我忘记提防。
这种事随时发生。

    我该习惯一点儿。
    我不该这么愤怒——
     当男孩（有时是
     大老爷们儿）
    在我面前胡言乱语，
     认为他们可以乱来
      或凑上来蹭我，
   或天花乱坠地要给我各种好处。
     但我从来都不习惯。

这种事总是令我两手发抖。

总是令我喉咙发紧。

我和哥哥回家后,

唯一能让我平静下来的

是戴上我的耳机。

听德瑞克[1]的歌。

我拿出我的日记本,

写啊写,写啊写,

写下所有我想说而没说出口的话。

把尖锐的内心情感写成诗行,

感觉它们好像能

将我

剖解开来。

这种事发生在我穿短裤的时候。

这种事发生在我穿牛仔裤的时候。

这种事发生在我低头看着地面的时候。

这种事发生在我抬头看着前方的时候。

这种事发生在我走路的时候。

---

[1] 奥布里·德瑞克·格拉厄姆(Aubrey Drake Graham),加拿大说唱歌手、演员。

这种事发生在我坐着的时候。
这种事发生在我打电话的时候。
　　就从来没有停止过。

还好吗?

哥哥问我"还好吗?",
我的双臂不知道
该怎样表达:
一个大大的拥抱,还是该沉重地垂下。

而哥哥一定从我的脸上看出了端倪。
看出我对他的又爱又恨。
他年纪比我大(尽管足有五十分钟)
又是个男孩,但他从不能守护我。

他不知道我有多累吗?
我有多厌恶自己不得不
说话带刺或干脆用拳头说话?

他转身坐到电脑前面
静静地敲着键盘。
我们心照不宣,
对彼此都有点儿失望。

9月16日，星期日
星期日

我坐在长凳上，
盯着前面的柱子，
这样我就无须看到
花窗玻璃上的圣徒，
或祭司的祭坛后面
一米八高的耶稣
复活升天的雕像。
尽管有铃鼓的乐声，
还有节日的吟唱，
但这些日子，教堂似乎
更像是监狱，而不是派对。

圣餐仪式上

我从十岁起，
就一直站在信众的中间，
在弥撒的尾声中领受面包和葡萄酒。

但今天，当所有人从座位上起身
朝向肖恩神父，我的屁股却像钉在了凳子上。

卡莉达擦肩而过。她带着疑问扬了扬眉毛，
走到了前排。

妈妈用胳膊肘使劲碰了碰我，我能感到
她的眼睛像明晃晃的街灯照在我的脸上。

但我直视着前方，让彩色玻璃拼成的
圣母玛利亚模糊成五颜六色的彩虹。

妈妈俯下身子："听着，孩子，去接受神明。
为你的生命去感谢它。"

她有办法让我心怀愧疚地顺从。
一般总能奏效。

但今天,我有个疑问,
它含在我的唇齿间像一块圣饼:

上帝给我生命又是何必——
若我不能活成自己?

为什么听从它的诫命
常常意味着我不能发出自己的声音?

教堂弥撒

小时候,
我热爱弥撒,
叮当的铃鼓,
还有吉他。
教会的修女
唱着圣诗,
伴着梅伦格舞曲的节奏。
坐在长凳上的所有人
拉拉手,拍拍掌。
我那在家时很坚强的妈妈,
这时会有泪有笑
听着肖恩神父
夹杂西班牙语的布道。

只是当肖恩神父
开始谈论经文的时候,
我心里的一切
便会开始拥堵,
污糟得就像厨房的水槽。

当我被告知女孩

不应该、不应该、不应该;

当我被告知

要等待、要停止、要听从;

当我被告知不要学

黛利拉、罗得的妻子、夏娃;[1]

当我唯一应该做的

就是成为那个可能吓得大气不敢出的

受孕的处女[2];

当我被告知敬畏与烈火

就是我今生所能拥有的全部;

当我环视教堂

见天使、耶稣、玛利亚

或任何一个圣徒形象,没有一个

看上去像我一样:棕色皮肤,高高大大,怒气冲冲;

当我被告知要信仰

---

[1] 以上均为《圣经》中记载的几个曾经背叛丈夫或未能经受住诱惑的女子形象。
[2] 《圣经》中记载圣母玛利亚是受圣灵的感动而受孕,以处女之身生下耶稣。

天父　　　　圣子
信仰男人　　是男人先被造出来的，

令我觉得如此渺小；

这种时候我就觉得自己像个骗子。
因为我点头、拍掌，口称"阿门"和"哈利路亚"，
心里却觉得这个房子　　　　　它的房子[1]
不再是我想租住的地方。

---

[1] 它的房子，意指"教堂"。

算不上俳句

妈妈的后背是个大衣架。
她的愤怒是由最粗的毛线织成的，
肯定把她捂得很热。

*

"孩子，听着，
当到了接受基督的身体[1]的时候，
你就别再想打退堂鼓。"

*

但我也能把后背挺得像个衣架。
又直又僵，不为所动，
任她沉重的盯视压得我喘不过气来。

*

"可我不想领受
面包和葡萄酒。肖恩神父说了，

---

[1] 基督的身体，《圣经》中对"教会"的隐喻。

领圣餐应该是并且只能是心悦诚服的。"

*

妈妈狠狠地瞪了我一眼。
我直视前方。
很难说这一轮谁赢谁输。

圣水 [1]

"我就是搞不懂那丫头。"
妈妈对爸爸小声说。
他们从不认为哥哥和我能听见。

但由于他们彼此很少说上两句话,
除非跟我们有关或是招呼吃饭。
所以他们一说话我们就支起耳朵。

而且哈莱姆区这些偷工减料的墙
几乎隔不住任何声响。

"最近啊,她满肚子坏水。
这些可能随你。
我跟肖恩神父说了,他说
他会在坚振课上跟她谈谈。"

我想告诉妈妈:
肖恩神父跟我谈也没用。

---
[1] 由神父祝圣过的水,通常有洗涤污染的心灵之意。

那些焚香令我想吐。
那些闪烁的烛光像乱晃的手指，
想要伸过来卡住我的喉咙。
我再也看不懂她的上帝了。

我听见爸爸嘘了一声让她安静。
"那是到了年龄。少女都是过度兴奋。
青春期的想法变来变去。疯疯癫癫。"

由于爸爸比她
懂女孩子。
她听了便不再说话。

我不知祷告有没有救。
只觉得我的心绪就快要淹死我——
在被教堂的圣水浸没之前。

人们说

爸爸的品行不好。
说他会在发廊里喝醉,
会摸任何女人的大腿,
只要走得太近。

他们说他满嘴
花言巧语,身体
像一只鼓,
紧绷着一层皮。

他们说是我和哥哥救了他。
说要不是我们俩,
妈妈早把他踢出家门,
或者在外面被谁捅死。

他们说爸爸过去喜欢跳舞。
可现在他终于可以挺起腰板,
站得笔直。
他们说这得归功于我们。

关于我爸

你可以有个爸爸住在一起。
天天在饭桌旁吃饭,
在客厅看电视,

整夜鼾声如雷,
咕哝着看账单、看天气
或看你哥哥的全优成绩单。

你可以有个爸爸在运输局工作,
读《里斯汀报》[1],
并且每隔几个月就往那个岛上打电话——
给这个大哥、那个大哥。

你可以有个爸爸,如果人们问起,
你不得不说你们住在一起。
你不得不说他常伴左右。

但即便他去卫生间

---

[1] 多米尼加共和国发行量最大的报纸。

跟你擦身而过，
你们也可能形同陌路，

并不会因为你有个爸爸在场
就不算他缺席。

处理一块圣饼

为了表示忏悔,妈妈这个星期
每晚都带我去晚间弥撒,
就连没有坚振课的日子也不落下。

圣餐仪式上,
我跟其他人站成一排,
等肖恩神父将圣餐放在我的舌头上,
我就走回原位,跪在长凳上,
在假装祷告的时候
将圣饼吐在手心上。

我能感觉到耶稣雕像那火辣辣的目光
注视着我将圣饼藏在凳子下面。
这下它的圣体可要喂老鼠了。

9月17日，星期一
告示

"召集所有诗人！"

广告被印在
普通的白色电脑打印纸上。
简单扼要：

放言诗社
召集所有诗人、说唱歌手、作家。
星期二。放学后。
至302室与嘉利亚诺女士面谈。

它被其他颜色更艳、
尺寸更大的告示遮掩着，
但还是令我在下楼时
停住了脚步。
赶上课铃的同学
争先恐后，险些
把我推下楼梯。
但我站住不动，

在嘈杂声中眼前一亮:

这张告示感觉就像私人定制,
如同一张凸纹印制的请帖,
直接寄给我。

归于平静之后

我把广告单揉成一团塞进书包。
揉成一个球,又紧紧攥了攥。
星期二,我得上坚振课。

妈妈绝不会准许我翘课。
我绝不想让任何人听我念我的诗。

我的胸口像有只小鸟在扑棱,
双翅被牢牢抓住

逃不出手掌心。

9月18日,星期二
阿曼

两个星期的生物课之后,
经过安全演习和千叮万嘱——
我们终于开始真正动手。
一个男生,名叫阿曼,被分配做我的实验课搭档。

我去年就在校园见过他,
但这是我们第一次一起上课。

他和我交换课桌的座位。
他的胳膊肘碰到了我的。

过了一会儿,我又故意换位子,
我喜欢我的手臂蹭到他的感觉。
我飞快地抽回手来。

我最不想要的就是让人看到我
在课上"勾引"一个男生。
那会立即一传十、十传百。

但好像被他的胳膊一碰,一切都变了模样。

现在我留意到,我比他还高出几厘米。
我留意到他的嘴唇有多丰满,下巴有几根胡须,

留意到他有多安静,
一双眼睛如何在低垂的睫毛下面偷看我。
快下课了,我们都盯着黑板时
我让自己的胳膊肘顶着他的。这让我们的沉默有了一种安全感。

后来，那天我跟卡莉达耳语

X：学校里有个男生……

卡：这就是为什么你妈妈应该送你去圣贞德中学。

X：你开什么玩笑？那儿有一半的女生在毕业前就怀孕了。

卡：别那么夸张，苏美拉。哎，这下麻烦了。我们该给这段经文做注解了。

X：我们在梦里都能读懂这段经文。觉得一个男生好并不是什么错，你懂的。

卡：可主动对男生有兴趣就是错的，苏美拉。你知道那是罪。

X：我们是血肉之躯，不是机器人。我们的父母也对彼此有兴趣。

卡：那不一样。他们结了婚。

X：你不认为他们婚前就对彼此有兴趣吗？行了，姑娘。总之，学校里有个男生，挺酷的。他的双臂……暖暖的。

卡：我可不想知道你要说什么，你是在暗示你和他做了什么吗？别那么天真了。

X：卡莉达，你总是想保护我，让我远离对……暖暖的双臂……的邪念。

卡：有时候，我觉得我是唯一想保护你免于伤害自己的人。

哥哥察觉到了什么

就在我准备上床睡觉时,我意外地
看到那张皱巴巴的诗社传单
被平整整地铺开,放在我的床上。
肯定是从我书包里掉出来的。

哥哥两眼不离电脑屏幕,
声音小到几乎听不见:

"这个世界翘首以待,
等着你展露才华的一刻。"

我哥既非通灵,也非先知,
但这话令我开心到笑,
这是我们秘而不宣的共同期待,
期待我们二人都足够优秀,
造福于彼此,或许也造福于世界。

但趁他去刷牙之机,
趁妈妈还没看到,我把传单撕了个粉碎。

在可以预见的将来,星期二
是属于教堂的。而我所可能具备的所有才华
只属于我自己。

共享

人们觉得奇怪,尽管哥哥和我超级不同,
我们却有那么多的共通之处。
我们共享同一个胎盘、同一个摇篮,
我们生来共住一个房间。

妈妈想找个大些的公寓,
她告诉爸爸我们应该搬到皇后区,
或其他远离哈莱姆区的地方,
让我们各有自己的房间。

但显然,尽管爸爸有了改观,
却还是坚持不搬。
说我们想要的一切都在这儿。
说同住一室又不会死。

是没死。
但有一个问题。我听到过一个传闻,
说金鱼有一种进化的基因,
它们的身长取决于身处水缸的大小,

它们需要伸展的空间。于是我就想，哥哥和我彼此限制了对方长大，霸占了对方可能的成长空间。

向嘉利亚诺女士提问

我是第二天英语课最早到的学生之一。
尽管我暗下决心要闭紧嘴巴,
但嘉利亚诺女士跟我打招呼的时候,
那句话还是在舌尖上打了个转,
从我嘴里含混地溜出:"所以你们……嗯……有个诗社是吧?"

她没笑话我。头歪了一下,又点了点。
"对,今年刚开始的,名叫'放言诗社'。"

我的脸上肯定流露出各种懵懂,
所以她竭力解释"放言"是一种诗朗诵,
但我听起来不得要领……除了记得要把诗背下来。

"如果我演示给你可能会更容易懂。
我今天会在课上放个短片做介绍。
你是不是在考虑加入诗社?"

我摇了摇头。她又用那种眼光打量我,
仿佛一个不认识你的人正在琢磨你,
仿佛你是个停摆的钟,任人拨动着指针。

放言

课一开讲,嘉利亚诺女士放了一段录像:
一个女人在台上,说话声很轻,
接着声音越来越大,语速越来越快,像提速的高速列车。

这位诗人谈到身为黑人,谈到身为女人,
谈到美的标准如何使她看起来并不好看。
整个三分钟里,我屏住呼吸。

我看着她的双手,还有她的脸,
感觉就像她正对着我诉说。
她说的那些想法,我才发现不是我的专属。

这位诗人和我,我们彼此不同:长相、身材、背景。
但我不觉得有那么不同,
当我听她诉说,我感觉我被倾听。

录像结束时,在座的同学
平时很少为什么事激动,这时轻轻地拍起巴掌。
尽管那位诗人并不在课堂上。

感觉就该给她这样的肯定，
尽管只是礼貌性的鼓掌，
我也情不自禁。

嘉利亚诺女士问这段录像的主题和表现手法，
但我的手没有举起，而是按在了心口上，
让那一阵战栗慢慢消散。

  只是一首诗而已啦，苏美拉。我想。

但感觉它还是更像一份礼物。

等等——

这便是嘉利亚诺女士以为
我会在她的诗社里做的事吗?
她提到的比赛,
我知道指的是"斗诗擂台赛[1]"。
但她不要以为我——
这个在她课堂上不声不响、
不被惹恼就不会开口的人,
有一天会站到台上,
朗诵自己写下的什么文字——
大声地、对着所有人。

她肯定是脑子有病。

---

[1] 斗诗擂台赛,盛行于美国的一种诗朗诵比赛形式,也是"言说艺术"(Spoken Word Art)和全民皆可参与的平民艺术。游戏规则是:由参赛的对手(打擂者)各自登台背诵自己的作品,由观众成员评判,几轮淘汰赛后胜出者成为当选的擂主。斗诗擂台赛1984年发起于芝加哥,初衷是面向大众的读诗活动,为了不那么乏味,活动中加入竞技的元素,使其成为一项有输赢的比赛。

身体里装着一首诗

今晚，洗完澡，
我没有盯着自己身体的各个部位，
而是想拼凑出别的东西。
我端详着自己的嘴，想背诵我的一首诗。

尽管我从没打算让任何人听到，
但我想到了课堂上看的那段诗朗诵录像。

我让句子在我的舌尖努力成形。
我让我的手假装是标点符号——
顿号、逗号，各司其职。
我让我的身体终于占据了它想拥有的空间。

我摇头晃脑，我锁紧眉头，
我咬起牙关，我微笑、攥拳，
我手舞足蹈，
四肢争相要做主角。

然后妈妈敲门了，

问我在那儿背什么,
说最好不要背那么多说唱歌词,
我回答:"是诗篇。我在背诵诗篇。"
我知道她以为我是指圣经里的诗篇。

进房间之前,我把日记本藏在浴巾下面,
安慰自己说我其实并没有撒谎。

J. 科尔[1]与肯德里克·拉马尔[2]

既然我们真的做起实验,
阿曼和我就不得不交谈。
多数时候我们小声嘟囔,
有关刻度和烧杯,
但我忘不了我对卡莉达说:

我想了解他。

我问他有没有 J. 科尔的新专辑。
胡乱翻着作业等他回答我。
阿曼在实验报告上把名字签在我的下面。
铃声响起,但我俩都坐着没动。
阿曼挺直了腰,他的眼睛第一次跟我对视:

"有啊,我有科尔的专辑,但我更喜欢肯德里克·拉马尔——
我们应该找时间一起听听他的新专辑。"

---

[1] 杰梅因·拉马尔·科尔(Jermaine Lamarr Cole),美国说唱歌手、词曲作者及唱片制作人。
[2] 美国著名说唱歌手,作品曾获格莱美奖。

避难所

我们家有了第一部电脑的时候,
哥哥和我大约九岁。

哥哥用它搜索天文学的发现
或最新的日本动画片,

我用它播放音乐。
把屏幕从音乐视频转换到
可汗学院[1]教程

——当妈妈走进房间。

我爱上妮琪·米娜[2],
爱上 J. 科尔,爱上德瑞克和坎耶[3],

也爱上老派说唱歌手比如

---

[1] 美国一家非营利教学机构的网站,提供多种学科的免费教程。
[2] 美国著名说唱女歌手、词曲创作人。
[3] 坎耶·欧马立·韦斯特(Kanye Omari West),美国说唱歌手、唱片制作人、作家、歌手。

Jay-Z、纳斯和伊夫。[1]

我每天都搜寻新歌，
那就像申请避难所。

我就是需要有人救我逃离
这所有的缄默。

我就是需要人们说出
所有让他们受伤的事情。

或许这就是为什么爸爸不再听音乐的原因，
因为它会让你的身体想造反、想呐喊。

我很小就明白了，音乐能成为一座桥——
在你和一个素不相识的人之间。

---

[1] 以上均为美国说唱歌手的名字。

我这样告诉阿曼:

"也许。我会让你知道的。"

今夜梦见他

我双手捧着一个男孩的脸。
不过,他已差不多称得上男人。
妈妈的话响起在耳边,
抽打在我的手上。
但我还是向上摩挲,
摸到他下巴上
带刺、短硬的胡子碴儿。
他的颧骨像升起的太阳,
前额如帆,
鼻子高耸。
这是一张不会认错的脸。

男孩将他的身体靠近我的,
我能感觉到他的两手
从我的腰部滑落到双臀
又向上触碰我所厌憎的胸部,
而我向他凑近像投怀送抱。
他的双手如此靠近,我们的脸靠得更近——
然后我的手机闹钟响了,

叫醒我去上学。

在我梦中他的嘴里说出的
不止是咒语和祷告。不止是
面包和葡萄酒。不止是
水。不止是
血。
不止。

9月20日，星期四
关于梦

到了学校

我知道我不敢抬眼看阿曼的脸。

你无法做到在梦里抱了一个男孩，
然后在真实生活中看他时
也不觉得他会看破
你的梦。就像你涂了厚厚的粉底
却遮不住脸红。

但我尽管紧张，
却在走进实验室时
在他身边坐下的那一刻静下了心。
就像我的梦给了我
一种内心的认知，
消除了我的紧张。

"我很想听听肯德里克。
或许，我们可以明天一起听？"

约会

这不算约会。
甚至不算任何罪。
就是两个同学
放学后碰面
听听音乐。

所以当阿曼同意了
我们的"非约会",
我努力让自己不要昏过去。

妈妈的约会守则

守则一:我不能约会。

守则二:至少直到我结婚。

守则三:见守则一和二。

针对约会守则的说明

摆在眼前的现实是：
我那老派的
多米尼加父母
从，不，开，玩，笑！

不过，主要还是妈妈。
我不能肯定爸爸
有没有那么立场坚定，
至少他没说过不行。

但妈妈一直这么跟我说，
从我记事起就开始，
说我不能交男朋友，
直到我上完大学。

而且就算如此，
她还是有严格的守则——
有关我找的男友
最好是什么样的。

妈妈这些话
一直就像
刻在石头上的经文。
所以我早就知道

去公园
和阿曼独处
可能就是
该死的第八宗罪[1]。

但我已迫不及待。
非去不可。

---

[1] 根据天主教对人类恶行进行的分类，人类天生有七罪宗，或称"七大原罪"。

9月21日，星期五
感觉自我

昨天整晚，我守着与阿曼见面的秘密，
像护着一阵风就会吹灭的蜡烛。

每当妈妈叫我的名字，或哥哥朝我张望，
我都在等他们问我隐瞒了什么。

今早，我熨烫我的衬衣——明显是一个心怀鬼胎的迹象。
因为我是讨厌熨衣服的。

但没有人提到这件衬衣，
或我乳木果味的新唇膏。

而当我将牛仔裤提到胯上，把衬衣塞了进去，
我感觉双腿在我的手下充满力量。

我回头望着镜中的自己，
笑了。

第二部分

道成肉身

And the Word Was Made Flesh

吸烟公园

由于我不能去他家
（并非他不让我去），
我们都知道，我们的秘密友情
只能在公开场合发生。

每周五学校只上半天课，
今天，阿曼和我慢吞吞走向附近的吸烟公园。
我可从不吸烟，
但我觉得阿曼放学后有时候会；
我能从他的运动衫上闻到，也知道他跟那帮人混在一起。

但今天这公园是我们俩的。
我们坐在一张长椅上，不止是
"不小心"蹭到彼此的胳膊。
他的手指蹭到了我的脸——
当他将他的一只耳机塞进我的耳朵。

我能闻到他的古龙水。
我想靠过去但我

担心他注意到我在闻他。
有那么一阵,我能听到的唯一声音
是我自己"怦怦"的心跳。
满耳都是。

我闭上眼睛,让自己
在音乐里找到我一直求索的:
解脱之道。

过了一个小时,专辑戛然而止。
阿曼拖起我的手将我从长椅上拽起。
我没放开手。就让我的手跟他的再拉一会儿。
走向火车站时我由衷地感激——
这个城市有这么多人可以把我藏起。

很久以前我就决定

哥哥是我唯一会爱上的男孩。
我不想找个爸爸那样会改变信仰的男人。
让整条街的人谈论我们家和我。

我不想找个帅哥,
或超级明星运动员,那种人爱他自己
胜过爱任何人。

我甚至也不会找个哥哥那样的男孩,
他以为人都天性善良,
总在人们身上寻找最好的一面。

但我必须爱哥哥。
不仅因为我们是血亲,还因为
他是我认识的最好的男孩。

也是世界上最糟糕的孪生哥哥。

为什么说他是个糟糕的孪生哥哥？

他跟我一点儿不像——
小小的。骨瘦如柴。
简直跟稻草人一样皮包骨。
（我肯定是在妈妈的肚子里就欺负他，
因为很明显我偷走了所有营养。）

他戴框架眼镜，因为他担心
戴隐形会把眼球戳掉。
他根本无心扮酷或着装搭配。

实际上，他是最糟糕的多米尼加人：
不会跳舞，两条眉毛靠得很近，
几乎不健身，宁肯看书
也不看棒球。他还讨厌打架，
儿时甚至不肯跟我摔跤。

我卷入过太多次推撞较量，

只为保护哥哥安然逃离——
带着他收集的日本动漫。

哥哥并不刻板。这一点倒是可以肯定的。

为什么说他是个糟糕的孪生哥哥?
说真的

哥哥是个神童。

八个月大就能说出完整的句子,

学前班开始就是全优生,

做各种科学实验、拿各种奖学金,

小学五年级开始去太空营[1]。

这也意味着我们从很小

就不在同一年级,

然后他进入重点中学,

所以他读书的聪明才智意味着

我甚至没法抄他的作业。

他是屡获殊荣的精装本,

而我是未经装订的白纸。

但既然是他先出生,那这就是他的错。

我坚持这样认为。

---

[1] 成立于1982年,由美国国家航空航天局下属的美国宇航及火箭中心创立,会定期举办课外科普活动。

为什么说他是个糟糕的孪生哥哥？
（最后一个，也是最重要的原因）

他没有双胞胎的心灵感应！
他对我的痛苦不能感同身受。
他甚至不能偶尔觉察到
我哪一天过得不好或我需要帮助。
事实上，他连眼皮都很少抬一抬，
只盯着漫画书或电脑屏幕，
根本察觉不到我在身边。

但为什么他仍会是我唯一爱的男孩？

因为尽管跟他说话

就像面对一个缺心少肺的圣徒，

但时不时地，他会不知怎的，语出惊人，

吓得我魂飞魄散。

今天，他从课本上抬起头朝我挤了挤眼。

"苏美拉，你看起来有点儿奇怪。

你内心里好像有什么变化。"

我的呼吸停止了片刻。

难道我身上有下午和阿曼在一起的记号？

妈妈会不会从我身上看到他？

我望着哥哥。他脸上挂着茫然的笑容。

我想告诉他，他看起来也很奇怪——

或许整个世界都看起来变了样，

只因我跟一个男孩蹭了蹭胳膊。

但没等我脱口而出，

哥哥已张开了他的臭嘴：

"也许只是月经闹的?
总让你显得有点儿飘飘然。"

我大笑着抓起一只枕头打他的脑袋。
"就你会说,哥哥,真是没谁了。"

9月23日，星期日
交流

阿曼和我交换了手机号码以便讨论实验，
但当我做完弥撒时意外看到
他给我发的短信。

阿：所以你觉得肯德里克怎么样？

由于妈妈正在生气地嘀咕，
嫌我又坐着不领圣餐
（我宁肯为此再望一个星期的弥撒）。
我闭住嘴没有尖叫出来。
飞快地回了短信。

X：很棒。我们下次该听些别的了。

他的回复几乎同步。

阿：一言为定。

关于阿曼

每次我想到阿曼，
诗就在内心涌出，
好似我得赠了一盒隐喻的乐高，
搭啊搭、搭啊搭，
痴痴地等着有个人上来一把推倒。
但家里并没人在意我涂涂写写。

哥哥：漫不经心——尽管比平时看上去开心些。
妈妈：以为我在做作业。
爸爸：跟往常一样无视我……也就是尽爸爸的本分。
我：一页一页地写着一个男孩，
　　并像唱歌一样对自己默诵，就像在读祈祷文。

9月24日，星期一
情愫暗生

在学校，我感觉与以往如此不同。
嘉利亚诺女士问我对诗社有什么想法，
我努力假装忘了有这回事。

但我觉得她能从我的脸上
或从我耸肩的动作上看出，我在偷偷练习；
看出我花在写诗上的时间
或上视频网站看斗诗表演的时间，
比做她布置的作业的时间更长。

午餐时，我还是跟去年那群人坐在一起，
团团围坐的都是想独处的女生。
我吃着苹果写着日记自得其乐，
其他女生把书放在餐盘上读着，
或画着日本漫画，或静静地给男朋友发短信。
坐在一起，但相对无语。

在生物课上，当我坐到
阿曼身旁，我就不知该慢慢地坐下

还是快快地坐下；是该写出更漂亮的报告，
还是该让指尖爬过他的指节——
趁彼得纳先生没看见。

结果却是，阿曼和我写起了纸条，
谈论我们的生活，我们的父母，
我们喜欢的电影和歌曲，
以及我们下次去吸烟公园的时间。

如果我的身体是一瓶乡村俱乐部的汽水，
它就是被摇晃了之后落地的那瓶，
随时会砰的一声炸开
让整个该死的世界吃惊。

和阿曼写纸条

阿：你在学校喜欢过谁吗？

X：没，没真的看上谁。

阿：你觉得我们不够可爱？

X：对。你不够。

阿：该死。我这辈子完了！

X：你就是想让我说你可爱。

阿：那你觉得我可爱吗？

X：我还没想好 ☺

9月25日，星期二
坚振课上我对卡莉达欲言又止

我本想告诉她，如果阿曼是一首诗，

他会被我淋漓尽致地一页页写下去，

妙语连珠，偶尔令人捧腹，

被写在酒窖的那种牛皮纸袋上。

他的手，在实验报告上不疾不徐地写字的手，

转化成意象，

他的微笑是最甜的，不带一丝陈腐。

他没有十四行诗那么高雅，

却比自由体诗深沉，

他在我头脑里占据太多空间，

俳句又怎能装得下？

说教

"听着,孩子,

(我不知道你的眼珠是否

可以转得飞快,以致

陌生人会把它们当作

一对儿骰子,但如果

碰到这样一双'蛇眼'[1]也真是倒霉)——

在我等你的时候,

我看见你在跟卡莉达耳语——

在上课期间。

不要让自己分心,

那样会令你及其他人

偏离神的话语。"

尽管夜里已经转凉

但暑热尚未散尽,

---

[1] 赌博游戏中的双骰子游戏。玩家如果丢出两个皆为一点,即共两点的骰子,就称为"蛇眼"。由于大部分掷骰子游戏都是点数大者为胜,"蛇眼"因此也有"霉运"的含意。

我的额头冒出了汗珠。

我感觉舌头肿胀，

干涩而沉重，什么也说不出。

嘉利亚诺女士贴在第一篇作文上的便笺

苏美拉：

尽管你说你只不过是给你的想法"穿上诗歌的衣裳"，我还是觉得你的作文满有诗意的。我不明白你为什么没把自己当成个诗人？

很高兴你哥哥送给你一个你一直用得上的笔记本。你真的该参加诗社。我有一种感觉：你会从中收获甚多。

——嘉利亚诺

有时候有的人话里有话

他们的话就像煤气灶的火引,
咔咔地响,而你在等,
等它点燃,火苗变大、变蓝……
这是我读嘉利亚诺女士的便笺有感。

一束强光在我内心点亮。

但眼下我把便笺和作文揉成一团,
扔进食堂的垃圾桶。
因为"诗社"的想法每天都像夏娃的苹果——
一种你想要却又要不得的东西。

9月28日,星期五
听

今天阿曼和我坐在长椅上时
我等他把他的耳机给我戴上,
但他却玩起了我的手指。

"今天不听歌了,X。
倒是想听听你的。
给我读点儿什么吧。"

我立即僵住。
因为我从不、从不读我的东西。
但阿曼耐心地坐等。

一颗心怦怦跳着
我拿出了笔记本。
"你可别笑哦。"

但他只是往椅背上一靠,闭上了眼睛。
于是我读给他听。
静静地。一首关于爸爸的诗。

我的心在胸口乱撞,

翻页时本子在抖动。

我飞快读完了所有句子。

一首读毕我不敢抬头看阿曼。

我感觉就像在他面前脱得一丝不挂。

但他只是继续抚弄着我的手指。

"让我想起了我妈妈去世的情形。

你写下去吧,X。我愿意随时做你的听众。"

妈妈那些事

阿曼和我并没有真的谈起彼此的家庭。
我知道规矩。不要打听人家的父母。
多数人家里只有一个亲人,
而且还不一定就是卵子或精子的捐献者。
但我觉得,关于爸爸,我说了太多,又什么也没说。
而现在,我想对阿曼的家庭了解更多。

"能跟我说说你妈妈的事吗?她是怎么去世的?"

他双唇紧闭,默不作声。
我们沉默了一会儿,静得连我打个寒战都发出好大响动。
连陷入沉思的阿曼也留意到了,
他抓起我的手放进外套兜握紧。
我欣慰于这一阵凉风成了不错的借口,
可以解释为什么我的脸颊泛红。他终于看着我,
一双眼睛试图从我的脸上读出什么来。

我不指望他还会回答我。

然后他说

"我妈妈是个美人。
她和爸爸结婚时两个人才十几岁。
他先来的,然后接我们过来。

我来的时候已经不小了,
所以保留了对特立尼达岛[1]的记忆:

我奶奶家屋后的棕榈树,
后院芒果的味道,
人们说话时唱歌一样的腔调。

我来的时候其实也很小,
所以乡音易改,
很快就被这个国家熏陶出
一口'纯正的英语'。

我妈妈一直没来,你知道。
她先是每天来电话,

---

[1] 西印度群岛中第六大岛,与委内瑞拉东北部海岸相望。

只是和我说同样一句话,
说她在'处理些事情''我们会很快团聚'。

她在我每年过生日时来电话。
我不再问她什么时候来。
爸爸和我相处得挺好的。

我学会了不要生气。
有时爱一个人最好就是
放手。"

温暖

阿曼和我走出我们的公园,
但没有径直去火车站。
我们步行,走过了一站,又一站。
我们一路默不作声,
有一种默契,无须言语。
我们就这样能走多远、就走多远:
我的手　握着他的手　放在他的
衣兜。我们彼此温暖着,
为对方抵御静悄悄的寒冷。

10月9日,星期二
接下来的几个星期

过得像特快列车,
没等我明白过来,
十月已见凉意,
我们都纷纷穿上了
帽衫和夹克。

我尽量避开嘉利亚诺女士,
因为她总是时时提醒,
巴不得我能
加入诗社。

阿曼并不和我一起
吃午饭,但会在放学时
一起去火车站,
听歌或者只是享受那份安详。

我觉得我们都想再进一步,
但我还是太害羞,而他还是太……阿曼,
意思是他从不要求什么。

我不得不猜想他是出于尊重
还是他并不那么喜欢我。

但假如他对我没有感觉,
就不会跟我这样出双入对,对不对?
而我,尽管领圣餐时仍只想坐着不动,
但每次还是站起来,把圣饼含在嘴里,
然后把它塞到长凳下面。
每当这时,我原本发抖的手会越来越稳。

最难的是在星期二,
当我坐在坚振课上,
想到我本可以在诗社,
或在写作,或做着任何别的什么,
而不是在这儿充耳不闻地听着肖恩神父的话。

而我装得还挺成功。

至少直到今天吧,
我才打破了平日的沉默
决定问问肖恩神父
关于夏娃的事。

夏娃

肖恩神父解释道,
她本来可以做出更好的选择。

她的故事是个寓言,
教我们如何面对诱惑,

抗拒那个苹果。

由于某种原因,
由于来自学校或现实生活的常识,

我认为这一切似乎全是瞎扯。

于是呢,我说;于是呢,我很大声说——冲着肖恩神父。
坐在旁边的卡莉达完全僵住。

"我认为《创世记》的故事傻到家了"

"上帝用七天创造了世界?

包括人类,对吗?

但在生物课上我们学到

早在其他物种之前,

恐龙已经在地球上存在了

数百万年……

除非这七天是个隐喻?

但从猿到人的进化呢?

除非亚当的诞生

也是个隐喻?

还有那个苹果,

为什么上帝没有解释一下

他们为什么不能吃?

它给了夏娃好奇心,

但不期待她会好奇?

除非苹果也是个隐喻?

整本《圣经》是不是一首诗?

里面还有什么地方不是隐喻?

哪件事曾真的发生过?"

我屏住呼吸,环视教室。
卡莉达满脸通红。
小不点儿们安安静静,
就像在看一场职业摔跤比赛。

肖恩神父的脸变得
像大理石祭坛一样生硬,

"你我何不
下课后谈谈,苏美拉?"

就在我们收拾书包要走的时候

卡：苏美拉，如果肖恩神父跟你妈妈说起这些，那可就捅马蜂窝了……

X：那又怎样？我们难道不该对给我们灌输的东西表示好奇吗？

卡：听着。别冲我来，苏美拉。我只不过是想帮你一把。

X：我知道，我知道。但……我只是问了些问题。神父不是有保密的义务吗？

卡：可你那不是告解[1]啊，苏美拉。

我并没有追问——难道不是吗？

---

[1] 信徒向神职人员告罪以示忏悔，是天主教的七大圣事之一。

肖恩神父

告诉我——

说我似乎在坚振课上精力不集中。

告诉我——

说或许除了夏娃我还有别的想谈。

告诉我——

说对世界感到好奇是正常的。

告诉我——

说天主教欢迎好奇心。

告诉我——

说我应当在一个宽恕的宗教里寻求慰藉。

告诉我——

说如果我有需要,教会随时恭迎。

告诉我——

说或许我应该跟我妈妈谈谈心。

告诉我——
说开诚布公的对话有益于成长。

告诉我……

凡此种种。

但没有哪一句是在回答我的问题。

回应

肖恩神父长篇大论了一番,然后似乎期待我的回应。

我望着挂在他桌子后面的照片。
那是他在拳击场上举着一副金手套。

"你还打拳吗,肖恩神父?"

他冲我歪了歪头,嘬了嘬嘴。

"我时不时地还会去拳击场健健身。
打拳肯定没以前那么勤了。
但并不是每一场搏击都用手套的,苏美拉。"

我站起来。我告诉肖恩神父我不会再问夏娃的事了,
然后不等他问我那些我回答不了的问题,就离开了教堂。

第二篇作文的草稿 ——《我的传记的最后几段》

苏美拉就是这样,
赤手空拳,与这个世界搏斗——
为了让人们能准确地叫出她的名字,
为了让人们不要期待她做个圣徒,
为了让人们不要只觉得她身材好。

她从小就知道,
这个世界不会为她唱赞歌,
但她承受了所有成见,
并紧紧勒住它们的"喉咙",
直到它们释出真相。

苏美拉也许能被人记住——
因为种种事迹:作为一名学生、
一个神迹、一个守护哥哥的妹妹、
一个被误解的女儿,

但最重要的

是她应该被记住——

她曾不懈努力

想要成为她想成为的战神。

第二篇作文的定稿（我实际上交的）

苏美拉·巴蒂斯塔

10月15日，星期一

嘉利亚诺女士

《我的传记的最后几段》定稿

　　苏美拉的成就可以总结为以下几个主要方面。

　　她是一名作家，后来她还为第一代移民少女创建了一个非营利组织。这一组织的活动核心旨在帮助年轻女性向父母们解释：为什么当她们长到十八岁时，就应该被允许去约会、离开家上大学、搬出去住……以及如何去发现她们在生活中想做的事。这个组织帮助了成千上万的年轻女性，虽然她们从未在活动中心外竖立起她的雕像（她会讨厌这么做的），但她们确实在总部挂起了一张她的超大自拍照。

　　她的父母为社区发生的改变而黯然神伤，为拉丁裔家庭日渐式微、酒窖和裁缝铺子纷纷关门停业而沮丧。所以苏美拉用她挣的钱为他们在多米尼加共和国买了一套房子。虽然苏美拉从未结婚也没有孩子，但她过得很开心，她有一只大型比特犬，在哈莱姆区有一座赤褐色的砂石房子，距离她小时候住的街区不远。她的孪生哥哥就住在同一条街上。

手

在生物课上,
阿曼的手开始
在课桌抽屉里摸索我的手。

我希望我没出汗,
当他的手指轻轻
划过我的掌心。

我不知他是否像我一样
紧张,是否像我一样
故作镇定,

假装我是在摆弄
什么人的手,
甚至做得更多。

尽管
以前我梦见过他,
但现在有点儿不同。

这是触碰一个男性——
在真实生活中。活生生的。
在教室里。不止一次。

他的手划着了一根火柴,
在我的体内。

手指

晚上躺在床上,
我的手指摸索着
一种我叫不出名字的火热。

划入一个中心,
发现了一个暗藏的核,
或茎,又或者　　　是根。

我学着感受
同时又能呼吸。

怎样静悄悄地
感觉某种东西的生长
在我的内里。

当它升腾起来,
我瘫软在床。
我感到如此释放,如此放松。

我感到如此羞耻
瘫软得如同一张毯子
从头到脚、覆盖全身。

让自己有这样的感受
是不是有些不应该？
可为什么会觉得如此舒服？

10月16日，星期二
谈论教会

"所以你常去教会，是吗？"
往火车站走的路上阿曼问。

我一时无语，
所有的话都从舌尖失足跌落。
因为这回问到点儿上了。

他要么是以为
我是教会怪人，
太圣洁了，什么也不能做；

要么是以为我这个
教会怪人情窦初开，
想跟初恋的男友玩真的。

"X？"

我尽量回过神来，
我是多么喜欢这个新的昵称。

喜欢如此简单一个字母
却将我完全寓于其中。

"苏美拉?"
我终于转过脸看他。

"对。我妈妈对教会很投入,
我跟着她去并且在上坚振课。"

"哦,你妈妈对教会很投入,
但你呢?你有没有对什么事很投入呢?"

"你已经知道了,我对诗歌很投入。"

他点点头。看着我,似乎在做一个决定。
"那你的笔名叫什么,苏美拉?"

真高兴他换了话题。
我不假思索地回应:
"我只是个作家……但或许可以叫我诗人 X。"

他笑了。"我觉得这名字太适合你了。"

意乱情迷

科学课上我们学到

导热，

即某些物质在热量传导上

比另一些更强。

但谁会知道，当话语，

由心上的人说出，

由一个会令你体温升高的男孩说出，

就能传导出无与伦比的热量？

它会射出一束摄人心魄的暖流，

传遍你的周身，

从发梢到脚心。

手机

哥哥没问我在给谁发短信。
这么晚了,我的手机发出
整间房里
唯一的光亮。

而我不打算告诉他,
也不想为了发短信
把自己盖在毯子底下。

我从不是个极容易相处的人,
卡莉达是唯一的朋友。
我们能真正无话不谈,除非我正忙着——
做功课或什么。

但现在我有了阿曼,
甜蜜又耐心的阿曼,
他发给我德瑞克的歌词,
说这能让他想起我。

他让我读诗答谢他。
他对我的写作不厌其烦,
总是要我再读一首。

哥哥没问我在给谁发短信。
尽管我知道他在猜测,
因为我也在猜测他时时给谁发短信。

那是他现在常常会笑的原因。
有时在黑暗中发出"咯咯"的笑声。
他手机的光亮让我明白了——

我们心里都有个秘密。

早餐时

哥哥在低声哼唱,
将牛奶倒在麦片上。

我打量着他,呷了一口咖啡。
他切了一个苹果,递给我半个。

他知道这是我爱吃的,
但我讶异于他的体贴。

"哥,你最近总是在笑。
那个人叫什么?"

我的话一出口,
笑意从他的脸上瞬间溜走。

他冲我摇摇头,
把麦片推开。

他手里摆弄着餐巾,

"那你最近为什么也总是在笑?"

为了掩饰我的脸红,
我把杯底的咖啡一饮而尽。

"我只是开心而已;你知道我们该筹划什么吗?
我们的万圣节恐怖电影约会。你和我。"

接着我们异口同声:
"还有卡莉达。"

愤怒的猫，开心的 X

卡：姑娘，这个怒猫表情包让我想起你。

X：彻底无语。你是不是傻。我正想发消息给你呢。万圣节恐怖电影，约不？

卡：好啊！你还好吗？你对那男孩感觉如何？

X：我很好……他也好。

卡：为啥有省略号？

X：我知道你不赞成我。

卡：苏美拉，我只是不想你惹上麻烦。但我希望你开心……就像这只快乐的猫。

10月19日，星期五
两情相悦

吸烟公园再次空旷，
我好高兴我们终于
又有了半日时光。

下午在我们面前伸展。
没有妈妈招呼我——她还在上工。
哥哥那所神童学校有不同的课程表。
卡莉达从不在上学时间发短信。

只有我和阿曼。
他的手扫过我的面颊，
塞了一个耳机。

"你吸过烟吗？"

我摇头。

"有你的。德瑞克比较适合点烟的时候听。
但我们还是可以听听。"

于是我闭上眼睛,
将肩膀靠近他的——
在他把手机放在我们中间的时候,
在他把手放在我大腿上的时候。

音乐

致阿曼

将我的头枕在你的肩头
令我快乐　　此生。
眼睛闭上　十指相扣。
屏住呼吸　　　也许
我们可以这样　一生一世。
有点儿语无伦次 但所有这一切
你的低语　都像诗。
我　　想　　你。

这本该是个问题。

并非一首诗　　告解　或随便什么。
我只想知道　　是否　　　你会和我
一起倾听　　我们　　　心跳的声音。

10月23日，星期二
拉响警报

"那一天"到来的那一天，
开始时真的一如往常。一样的日程，
没有任何异样，直到最后一堂生物课。

那是自"夏娃事件"以来的
第一个星期二。
还差半小时放学的时候，
消防的警报响了。

彼得纳先生叹口气，停止播放幻灯片——
正演示达尔文
如何识别雀鸟物种。

阿曼在课桌下攥了攥我的手，
起身，将书包一甩套上双肩
（他从不将书包放在储物柜里）。

我也没来得及想，
一句话就像碎石子从我嘴里滚落：

"走啊，去公园。"

石子落地无声。他歪了歪头。
"你不知道万一是假警报，
彼得纳会点名的？"

全班列队出门。
就在我们前后推搡时，
我和阿曼撞到了一起。
我没有闪躲。

我扭过脸低语：
"我们还是走吧。"
阿曼的手指揪了揪我的一根鬈发。

"我没想到你这么喜欢听德瑞克，
不惜逃学被抓到。"

我向后靠在他身上，
感到他的身体迎着靠向我。
"德瑞克并不是我喜欢的那个人。"

那天

我们肩并肩
坐在我们的公园长椅上。

阿曼将一只胳膊搭在我的肩上,
将我揽得更近。

今天没戴耳机。
没有音乐,只有我们。

他的唇扫过我的前额,
我出于某种并非寒冷的原因而颤抖。

他的手轻轻托起我的下巴;
我的手心立即出了汗。我无法直视他。

所以我凝视他的眉毛:皎洁的弯月,
没有杂毛,胜过任何女孩的双蛾。

我更贴近些,想分辨出

他的眉是否被拔过或者修过。

这时他也贴了过来。我知道
我要在瞬间做出一个决定。

于是我将我的唇压住他的唇。

他的唇软软地贴住我的——
温柔地,他咬着我的下唇。

然后,他的舌头溜进我的嘴里。
这比我想象的要难搞。

他肯定是有所留意,因为
他的舌头慢了下来。

而我的心也变成达尔文的雀鸟,展翅欲飞。

想要

多少次,男孩和男人们
曾经告诉我的所有那些事,
那些他们想对我的身体做的事。
这次是第一次我真的想要
做那种事。

在火车站

火车慢慢驶近站台,
我将手从阿曼的手中抽出来。
他面带疑惑地看着我,
我能感到我的双颊开始发烫。

他开口问了什么,
但我一个字也没听。
因为他的双唇令我分心,
回味起它们的滋味。

"X,你在听吗?
我会给你发短信。或许这个周末我们能一起
去鲁宾的万圣节派对?"

我没有回答就跳上火车,
没有隔着车窗和他挥别。
太多话要说,又无从说起。

我没有告诉阿曼的事

我不能约会。

我不能让街坊看到我跟男孩一起。

我不能接男孩打给我的电话。

我不能和男孩拉手。

我不能去他家。

我不能请他来我家。

我不能跟他及其好友出去玩。

我不能跟哥哥以外的男孩去看电影。

我不能参加诗社的少男少女之夜。

我不能交男朋友。

我不能谈恋爱。

每当我们深夜里发短信,

我都回避商讨派对计划。

我告诉他"我只想活在当下"。

因为我不想告诉他所有我不能做的事。

可我也不应该在吸烟公园吻一个男孩……
然而,我还是,做了。

吻痕

后来,当我走进坚振班时,
我知道我"披"着阿曼的吻,
就像穿着一件鲜红的毛衣。
任何人望望我
就明白我深知"想要"是怎么回事——
以那样一种方式。因为我想吻个不停。
我们不想停。
直到他的手伸到我的
衬衣下面,我才惊跳起来。
或许,我跳起来是因为别的。
是罪恶感?我们发展得是不是太快?
我不知道。但我知道是时候停止。
可我不想停。
我的意思是,我猜我想停。
真是糊里糊涂　　　明知道
不应该做那种事,
那种事会一发而不可收,
但无论如何还是想做。
我既不跟卡莉达私语,

也不看任何人的眼睛，
也不质疑肖恩神父，
也不望向十字架，
任凭全知的上帝——它如果真的存在——
将一切看在眼里，一切——
在吸烟公园里发生的一切，
以及我是多么享受那一切。

最后的十五岁

好吧。我知道。吻一个人不是什么深奥的事。
只是一个吻,有点儿舌吻,小孩子们也常常亲吻,
或许不是舌吻(那会怪怪的)。

曾有些男孩想吻我,
从我十一岁起。那时我不想亲他们。
然后是人高马大的男孩,或正宗的男人
偷偷打量我。妈妈说我应该拼命祷告,
这样我才不会惹麻烦。

那时我知道——自从来了月经就知道——
我的好身材是个麻烦。我得用祷告驱赶麻烦——
从上帝给我的躯体里。我的好身材是个难题,
我并不想让任何男孩成为解决这个难题的人。
我想完全忘记自己的身材。

所以当其他人都在学校里玩起真心话大冒险
或挖空心思想得到初吻时,
我却裹在肥大的运动衫里,裹在硬邦邦的沉默里,

试图将身体变成一个看不见的方程式。

直到现在。

现在,我想让阿曼为我求得平衡,
让他的指纹遍布周身。尽展其能。

关切

肖恩神父问我一切可好。
那一刻,我以为他知道我接吻了;
以为他通过什么神灵感应
或特异功能……得知这件事。

但接着我见他扫了一眼祭坛,
看着盛满葡萄酒的圣杯,
还有碟子里盛着的又软又圆的基督身体[1]。

我很好。我很好。我很好。我心里说。
我只是耸耸肩。眼睛看着别处。

"我们都会偶尔怀疑自己。"他对我说。
我望着他的眼睛:"你也会?"

他冲我微微一笑——这令他年轻了几岁……
你有没有见过一个你认识了
一辈子的人,他的脸刹那之间

---

[1] 基督身体:这里指圣餐礼时使用的圣饼。《圣经》中用"圣饼"代表基督的身体。

在你眼前焕然一新?

肖恩神父的微笑令他看上去不同寻常。
我能想象他年轻时的模样。

"尤其是我。我一辈子都想做个拳击手,
做个健将。我以为我的肉身能解救我,
能帮我摆脱恶劣的生活环境——但相反,
是基督的肉身将我解脱出来。
但有时我想念我的岛国,我的家人。
我母亲去世时我没能赶回去道别。
我们都会偶尔怀疑自己和自己的道路。"

我想说对不起,想让肖恩神父重现年轻时的笑脸。
但我只是点点头。

有时语言是多余的。

哥哥知道什么

"哥,你知道肖恩神父的妈妈去世了吗?"

哥哥心不在焉地从手机上抬起头,
停住在发短信的飞快舞动的手指。
我想越过他的肩膀扫上一眼,但
他把手机倒扣在桌上。

"是啊,三年前的夏天去世的。
你怎么想起提这事?"

我不明白我怎么就不知道。
我怎么没留意到肖恩神父当时不在,
或留意到代他布道的人。
我曾经离开教会那么久吗?

我没问哥哥这些问题。
他已经又埋头看手机了。

"你最近没完没了地给谁发短信?"

问句从我嘴里溜出。
我停下来,一个耳机还举在半空——
正要塞进耳朵。
哥哥从没有秘密瞒着我。

他的拇指还按在手机上。
他望望我,意味深长。

"苏美拉,别这样,好吗?
我们可能对别人才用得着解释。
但我们彼此都知道自己在鬼混。
爸妈知道了会杀了我们。"

我想点点头,同时又想摇摇头。
爸妈常说我是家里的小小女主人,
对我的期待与对哥哥的不同。
如果他带个女孩回家,他们可能欢迎。

我不知道如果带的不是女孩,他们会是什么反应。

萦绕于心

接下来的几天，
我等着阿曼
提起万圣节。
但他在生物课上拉我的手，
下午放学送我到火车站，
在我去月台时与我吻别，
就是不再提起那个派对。
或许他不想让我去了？

10月26日，星期五
星期五

通常是一周中我最喜欢的一天。
但今天早晨我收到阿曼的短信
令我一整天都变得苦涩——

阿：要看医生。
　　不去上学。
　　派对见？

我知道接下来将是
漫长的两天——
从现在起到我再次见到他之前。

除非我想个办法……

青与黑

我是怎样的孪生妹妹？
居然没有留意到
自己的亲哥哥
回到家时变成了乌眼青？

我的意思是我留意到了，但那是直到
今晚听见妈妈冲他喊叫。
当时他正从
冰箱里拿出什么。

"这是谁打的，儿子？
别跟我说是苏美拉。"

但我已经走进厨房，
拨开她的手，一把拉起他的下巴，
亲自察看他的眼。
我一句话没说
哥哥的脸在我手中闪躲。

"没事。没事。
只是个小误会。"

尽管他在回答妈妈,
眼神却在央求我。

"是啊,看起来像是有个混蛋
误将你的脸
当作了拳击沙袋。"

妈妈来回看着我们俩,
可能只是在捕捉
每一个字的意思,
但就连她也知道
这是双胞胎之间的事情。

一紧

我对哥哥
如此气愤，
因为他没告诉我
有人在学校
欺负过他，
所以我不理他了。

这是个沉默的星期五。

星期六
我醒来时
感觉到一种异样。
我的小腹一紧。
我想去派对。
我想见阿曼。

我生命中的男孩啊，
令我痴狂——
不管这样或那样。

10月27日，星期六
借口

X：嘿，那样的话，你会不会真的生气？如果我不跟你和我哥哥去看电影……

卡：是不是因为那个男孩？

X：算是……我会跟我妈说我跟你们一起出去，然后再跟你俩同一个时间回家。

卡：他让你跟你妈妈说谎？

X：他没让我做任何事。只是让我和他派对上见。

卡：注意安全哦，苏美拉……你哥哥最近行动很诡异。你确定他会去看电影？

X：是啊……他最近事很多。千万别问他眼睛是怎么青的。但他会去的。

卡：眼睛青了？你打了他吗，苏美拉？

X：为什么所有人都这么问？我没有！但我会打那个打他的小子。

卡：别做火上浇油的事。你知道你哥讨厌打架。

X：对，对，对。谢谢你不生我的气。

卡：你可不要玩得太疯哦。

打扮好了

我和哥哥出门去"看电影",
尽管我们在街角就分了手,
各奔东西。

他去卡莉达的家,
我去火车站
直奔高地[1]。

在与鲁宾家一街之隔的地方,
我溜进一家星巴克的卫生间,
涂上绿色眼影,让鬈发蓬松,

我拉拉哥哥的绿灯侠 T 恤的下摆
(它紧包着我的屁股,略显我的腹部,
真庆幸妈妈没有要求看看我夹克里面的衣服)。

看哪——真是一身蹩脚的超级英雄打扮。

---

[1] 即纽约市曼哈顿区的华盛顿高地,该街区与相邻的因伍德街区因聚居大量的多米尼加移民,又有"小多米尼加共和国"之称。

鲁宾家的派对

当我到了鲁宾家在高地的住址，
我知道我来早了。

只有三两个人在，
也都像我，打扮得东施效颦。

我见到一两个学校里认识的人，
但没有能聊到一起的。

这都是些"派对中人"：最大声、最大胆，
上学时吸烟，
周末就喝父母的妈妈欢酒[1]。

有人递给我一杯果汁，
但我把它放在了电视柜上，倚在墙边。

我不去看 DVD 播放机上闪动的时钟；
也不看我的手机。

---

[1] 多米尼加国酒，由朗姆酒、蜂蜜、葡萄酒和各种药草混合制成。

我定好闹钟,这样就知道何时离开。
眼下我只是听着喧闹声、音乐声,
不理会音箱旁边那几个男生的盯视。

当有人轻触我的手我一个激灵,把脸绷紧,
但转脸时见是阿曼。他抚弄我的手,笑意盈盈。

"我以为你来不了呢。
你想喝点儿什么?"

我摇头示意不用。打量起他的打扮——真是武装到牙齿,
脸涂成了绿色,头发冲天,T恤里填充了什么,

他把削瘦的身材竭力装扮成了绿巨人。
我忍不住笑了而他只是把嘴巴咧得更大。

"我们是命中注定,"他低语,
"我们都选择了绿色超级英雄。"

有人调暗了灯光。
阿曼拉起我的手。"跟我跳支舞?"

一曲

听到阿曼邀舞,我的心开始狂跳。
因为这可不是跳巴恰塔或梅伦格一类
步调协调、保持距离的舞。

这种曲子会让人彼此靠近。
我从墙边直起身,阿曼转身和我面对面,
双手搭在我的腰上。

我闭上眼,用他上衣的后襟
擦了擦出汗的手心;我们相互搂紧,
摇晃着,他的嘴唇靠近我的脖颈。

他装束上的垫肩
给了我一个依靠,
我欣慰于我们之间至少隔着垫肩。

之后他的一条腿抵住我,
我们正如音乐视频中的人们
那样跳舞。

就像如果他们没穿衣服
他们就会……你懂的。
我能感觉到他的身材，并不像我以为的那么干瘦。

当一曲终了，
另一曲雷鬼音乐[1]又起，阿曼于是
转了个身到我的后面。

他的身体摩擦着我的，
感觉如此美妙。
我挣脱了他。

"我需要透透气。"

---

[1] 早期牙买加流行音乐之一，融合了传统非洲节奏、美国蓝调及原始牙买加民俗音乐。

坐在阶前……与阿曼

鲁宾家的门外,
热火朝天。
人们打扮得千奇百怪,
大笑着,尖叫着,高唱着,
你会以为是早晨而不是夜里九点三十分。

阿曼将我的手握在他的手中。
但每次我看他
都担心自己
脸烧得通红。所以我不去看他。

然后他扔出了炸弹:
"我住得离这儿不远。"
我不知他的意思是
想让我去他家,
还是没话找话。

"你爸爸不是在家?"
我真希望他爸爸在家。

阿曼摇摇头,
告诉我他爸爸上夜班。

我把手从他的手中抽出来。
我的手指不住地
发颤。
我不必假装,当我对他说——

我觉得并不太好。
说我该回家了,
回去泡个茶或是什么。
我起身要走,但未及走开,
阿曼拉住我的手:
"念首诗给我吧,Ⅹ?
我想记住你的声音——
当我想起今晚。"

接着他又一次咧嘴笑了,
将我拉回,坐到他的身边。

与卡莉达的对话

X：我在回家的路上。

卡：好的，我和你哥哥已经在街角站了很久了。

X：再谢。我知道你讨厌撒谎。

卡：对啊。好吧，希望这么做值得。值不值得啊？

X：值……很值。一言难尽。但一切都好。

卡：？？？

X：只不过不会长久。有什么地方会出错。当一切规则都打破的时候，我就别指望快乐。

卡：也许你不应该打破规则？

X：哦，卡莉达。我真等不及你喜欢上一个人了……到时我也会给你发这些自作聪明的短信。

卡：姑娘，再见。就凭你那种急性子？你永远不会像我这样明智的 ☺

10月28日,星期日
编辫子

整个弥撒我的心思都在阿曼身上。
我能觉察到妈妈要教训我了,
因为我不专注不用心。
但谢天谢地,在我们离开教堂的时候,
卡莉达一把拉住了我。

"巴蒂斯塔夫人,是否可以
让苏美拉来给我编辫子?"
我感觉得到妈妈想把我吞掉,
但她永远无法对卡莉达说"不"。

在她家,卡莉达坐在我的两腿之间,
我用梳子梳着她又密又长的黑发。
我学会编辫子是在妈妈
再没时间给我编辫子以后。

"两根长辫子吗?我能让你在万圣节的时候
看起来像卡迪·B[1]。"

---

[1] 美国说唱女歌手。

我喜爱这个真人秀电视明星,但她跟卡莉达没有任何地方相似。

卡莉达冲我傻傻地一笑,点了点头。

"没问题。我来放一集《爱与嘻哈》[1],这样你可以受点儿启发。"

等我编完辫子,我们又坐着连看两集。

或许,交朋友的唯一意义

就是帮一个人找到

最好的自己,

无论在哪一天——

当他们不想待在自己的家里,

就给对方一个家。

至少我有一种感觉:如果我问她这个问题,

那么她也会说同样的话。

明天会是漫长得要死的一天。

但现在,此时此地,一切都好。

---

[1] 美国最红的嘻哈真人秀节目,由卡迪·B参演。

10月29日，星期一
打架

星期一下午，
我靠在哥哥他们天才学校的门口。
阿曼曾问我为什么坐上了去市区的火车，
我避而不答，但我肯定他还会问我。
这个周末发生了太多事，
但我还是准备好了——
事不宜迟，今天下午就得实施。

足足等了一个小时，
放学的铃声响起，学生们蜂拥而出。
我看到哥哥朝这边来了，但他不是独自一人，

走在一起的是个高高的、红头发的男生，
他用乳白色的手指
掸掉哥哥运动衫上的线头，
如同阿曼有时攥一下我的手。

沙维尔。

哥哥的名字并未从我嘴里溜出。
但不知怎的，他听到了我的心声。
他的头飞快地朝我这边转过来，
像个摇头娃娃。

他甩开那个白人男生的动作太快，
以致险些绊到自己的鞋。
我将他们左看右看，果真不出我所料。
哥哥冲到我跟前，在我的耳边说：

"苏美拉，你怎么来了？"

我不需要告诉他，
我来是让某人尝尝我的拳头，
来为他的黑眼圈报仇，
来让他们知道哥哥不是无依无靠。

"你不该来我的学校。
我再也不需要你为我打架。"

我的心本来是胀鼓鼓的气球，
被他的话一刺，立刻瘪了下去。

我看了一眼那个目光不离哥哥的男生
脸上写满爱意。

"别管了，苏美拉。"
我觉得哥哥是在说。但听起来更像是：
"你别管我！"

辩

我不傻,你知道。
我知道我三十岁时
不会跟一个大老爷们儿打架。
我知道我不会一直
都比同年级的男生
更高大威猛。我知道有一天,
他们会更有力气还击。
我知道我不会总能
以我的身高、我的霹雳手
吓到其他女生。
我知道我不可能守护哥哥
到永远。但我想,到那一天时
他能为自己出手,
而不是靠别人护佑。

我们没说的话

在回家的火车上,
哥哥陷入他的情绪里,
就像紧闭了房门,
我没有进入的许可。

他全程都在
用手机下象棋。

"哥,我知道你可能一辈子都会
这么觉得,但
如果爸妈发现了白面小生的事,
他们笃定要杀了你的。"

他的指头在屏上移动了一个"车",
向某个想象中的对手发起进攻。

"科迪。他不叫'白面小生'。
我知道爸妈会怎么说。
连你也会说同样的话。"

但我根本不知道我要说什么。

我只知道我总是想保护他。

但这使他成了靶子。

而我挡不住明知会射过来的箭。

同性恋

我早就知道。

不用说就知道。

知道哥哥就是。

我们从不说。

我想他畏惧。

我想我也畏惧。

他是妈妈的神迹。

他会成了她的罪孽。

我猜我希望,

希望我根本不曾真的知道。

那就会好像他并不是。

但也许我的沉默,

只会让他更加孤独。

也许我的沉默,

容忍了人们以为的丑事。

我所知道的

只是我不知道

下一步

该怎么做。

哥哥发脾气时,我情绪低落

我身体中的一部分在奋起反抗我们的失和。
这也许听起来很笨,并非所有双胞胎都像我们,
但他一生气我就心神不定,
心里装不下别的事,只惦念着他的不开心。
我唯恐自己失言给他火上浇油。
我甚至不知道我做错了什么。
我一生都在为哥哥两肋插刀。
凭什么他觉得我不该出现在他的学校?
就连阿曼的笑脸表情包
和杰·鲁[1]旧时的浪漫说唱视频
也无法让我心情变好。

---

[1] 美国知名演员及说唱歌手。

第三篇作文的草稿——《描述某个你认为被社会误解的人》

我小的时候

妈妈是我心目中的英雄。

因为她几乎不会英语,

也并非本地出生,

但她没有让这些挡住她

为自己抗争的路——

无论在杂货店被人加塞,

还是拼着命送哥哥进入天才学校。

因为我从没见过她

跟爸爸要钱,

或抱怨她的工作。

因为她的双手因劳动而粗糙,

但仍会合拢起双手祷告。

我小的时候

妈妈是我心目中的英雄。

但随着我身材的发育,

尽管她总是对我苛责,

她的关注点却放在了别的事情上，
比如她想将我变成
她再也做不成的——
修女。

第三篇作文的定稿

苏美拉·巴蒂斯塔

11月6日，星期二

嘉利亚诺女士

《描述某个被社会误解的人》定稿

  我一直都觉得妮琪·米娜很有魅力。虽然她因过度性感和创作《蟒蛇》这样的歌曲而招致骂名，但我认为，她在她的视频中描绘的角色形象与现实生活中的她其实截然不同。因此，我们要问的应该是："社会是否对一个人的真正自我及其向公众呈现的另一个自我有所区分？"例如，米娜女士的有些歌词可能被一些人认为影响不好，但另一方面，她总是在社交平台上发帖勉励人们要好好上学。

  我还认为，社会对她的音乐有一种扭曲性的负面解读，即有一种声音认为：她允许自己的说唱音乐听命于男性的指使。其实她的大量音乐作品都是表现对身体之美的积极态度。她的身材很好，并且由于她的身体以及她谈论身体和性，人们总是对她有很多负面的评价，但她非但没有因此而羞愧或改弦易辙，反而张扬自己的身材曲线及她的创作欲望。

除此之外，她的歌词棒极了……我的意思是说，她非常有艺术天赋！她不仅仅是一位伟大的"女性说唱歌手"，也是一位伟大的说唱歌手！是的，没错。米娜女士可以与世界上最好的说唱歌手并驾齐驱。她是一个在男性主导的世界里打造白金唱片的女性。我知道她不像埃莉诺·罗斯福[1]或特雷莎修女[2]——甚至碧昂丝[3]——那样，被视为大多数女性的榜样，但我认为她代表的是那些不合社会常规的女孩。被误解的人？也许她被一些人误解了。但是对于我们这些感同身受的人来说，我们懂她。

---

[1] 美国第32任总统富兰克林·德拉诺·罗斯福的夫人，提倡女权并保护穷人。

[2] 阿尔巴尼亚裔天主教修女，举世敬重的慈善人士，主要替印度加尔各答的穷人服务，于1979年获得诺贝尔和平奖。

[3] 美国著名女歌手、词曲作家、舞者及演员，世界超级巨星。

11月7日，星期三
公告

快下课时，嘉利亚诺女士
带来一名诗社的学生。

他是波多黎各人。我见过他，
戴着眼镜，面露笑容。

他说他叫克利斯。
他邀请我们加入诗社。

接着他朗诵了一首短诗，
用手势和音量来抓住我们的注意力。

嘉利亚诺女士在一旁看着，像一头骄傲的母熊。
同学们敷衍地为他鼓掌，有一两个跟他碰了碰拳头。

克利斯派发了全市斗诗擂台赛的传单，
并当场邀请大家参加诗社的活动。

距擂台赛还有三个月。

二月八日。

嘉利亚诺女士说擂台赛对公众开放。
即使我们不报名,
我们也应该出席并支持克利斯,及其他参赛同学。
我感到我的面颊开始发热。

我应该去。
我可以一试。

溜冰

小时候,
每年一月八日,我们生日那天,
妈妈会带我和哥哥去溜冰。
她会在节假日加班,以确保
她能有这么半天假。我总是将溜冰视为一份礼物。

尽管哥哥超级笨手笨脚,
而我总像套在紧身裤里的坦克,
但我们真能溜个满场飞。
这是我们二人都拿手的事。

我们来到冰上,只摔倒了几次
就能在圆形的溜冰场上滑得行云流水。
妈妈会守在玻璃挡板后面,
从不为自己租一双冰鞋。
就那么看着我们溜了一圈又一圈。
这已经是多年的传统。

直到有一天传统不复。

直到有一天哥哥和我不再提溜冰。
直到我忘了自己在冰上滑行的感觉——
可能像一把刀,但更像一个女孩,
张开双臂滑翔,和哥哥开怀大笑,
　　　　　　　妈妈在雪花纷飞中拍照。

直到

我完全忘记了曾经的冰上历险,
直到阿曼邀我去溜冰。
我告诉他放学后我必须径直回家,
而且半天时间对我们不够。

"那明天呢?明天是教师进修日。"
我一愣。明天不用上学,
而妈妈要上工,
所以我不在家她也不会知道。

我开始摇头,
继而又想起冰上的那种自由,
那种美妙的感觉。
我知道,我想让阿曼看到我所有的感受。

爱好

看得出,阿曼热爱冬季运动。
这完全出乎我的意料,
但他能够历数职业单板、
滑雪和花样滑冰的名人,
像提到他喜欢的说唱歌手一样如数家珍。

"X,我是认真的。我甚至让我爸爸掏了钱,
订了付费电视频道,这样我才不会错过赛事。"

一开始我以为他在开玩笑,但他神采飞扬的模样
告诉我他真的对此情有独钟。
或许就像我的写作——一个秘密的爱好,
不足与外人道。

他说他在特立尼达岛时就向往雪。
看冬奥会是他能做到的最接近雪的事情。
结果越陷越深。

"X,我现在可以告诉你了,我擅长溜冰。

准备好明天爱上我吧!"

我的心随着他的话七上八下。

我除了答应这场约会还能有什么别的想法?

11月8日，星期四
我们转啊转起来

第二天阳光明媚。我邀请哥哥也来，
但他转过脸去，假装没睡醒。
他还在为我去他的学校而不高兴。
我于是想让他一个人静一静。

我到的时候阿曼在租鞋处，
周围有孩子们大笑着来来去去。
他拿出一双冰鞋，我们系好鞋带
又租了一个储物柜，之后笨拙地向冰场走去。

我怀着久别重逢之情做了一个深呼吸。
拉斯克冰场有我这么多美好的回忆。
我希望再添一次。
我来到冰上，一切涌上心头。

阿曼还没开始动，我就来了个倒滑，
慢慢冲他勾了勾手指。

我立即红了脸。我从来不是主动型的人。
但他似乎喜欢这样,他来到了冰上。

他开始徐徐起步。我们一起朝前,并肩滑行。
接着他就像被什么东西抓住一样——
我意识到他没有骗我。他真的是、该死的、太令人瞩目。

他的动作先缓后急,旋转、滑着"8"字。
我等着他开始跳跃、腾空、翻转,
但他放慢下来抓住我的手。

我们这样滑了一会儿,
然后走出冰场去吃烤奶酪玉米片。
"阿曼。你是怎么学会这些的?你滑得那么、那么棒。"

他冲我咧嘴一笑,耸耸肩。"我常到这儿练习。
我爸从不想让我进训练班。说溜冰太娘娘腔。"

这时他的笑容有点儿伤感。我想
我们会成为什么样的人——
假若从没有人说我们天生不是这块料。

溜冰之后

当阿曼送我到了车站,
他立即把我拉入怀中。
我们从不这样公开接吻,但当他的嘴唇压在我的嘴上,
我明白这也是我想要的。

但我知道这很蠢,
太容易被街坊或
妈妈在教会的教友撞到,
但我只想让这一刻继续下去。

他拉起我的手,将我拉得更近,
我任凭他让我忘记:
哥哥的怒气、明天的坚振课、
火车上的气味、周围的人们
或"请不要靠近车门"。

我知道人们可能在看着我们,
可能在想,"放肆的高中生
就不能手脚放规矩些。"

但我不在乎,因为当我们的唇相触——
在我下车前的三站地,
那感觉是美好的真实的,是我想要的。

再说,我们可能是车厢里唯一
值得一看的风景。
也许我们在给同车的观众一个恩惠——
让他们想起初恋的滋味。

烈火干柴

下了火车走在回家的路上
我忍不住想,
阿曼使我变成了瘾君子:

乞求吸上一口,
眼巴巴地渴望着,
热血沸腾
舔舐着身体,
等待着他
让我亢奋。

瘾君子乞求猛吸一口
不惜代价,
只要这是
真的舒服。
真的,真的舒服。
血溅在冰上,冰
等待那种温暖
把火点燃。

他把我变成了瘾君子:
一直在等他的下一句话,
挣扎着奄奄一息,
还在等着下一个、下一次。

狗屎和风扇

不等我用钥匙开门,
就听见妈妈的咆哮
从公寓的门里传出。

这不对劲,
因为她不该已经到家,
现在还不到四点钟。

"我看见了,
看见他们亲在一起。
那个小脏崽子。
逼得我提前一站下了车。"

接下来,我知道了。
妈妈的眼睛就像风扇,
而我在火车上的耳鬓厮磨,
就像狗屎撞在了上面。

算我走运,她在她的卧室里吼叫。

我闪进我和哥哥的房间,
反锁了门,瘫软在地,将我的头
抵在膝盖上。

不知过了多久
哥哥才推开门。

尽管他仍沉默如一堵墙,
但察觉出了有什么地方不对劲。

他在我身边蹲下,
但我无法提醒他小心
一场风暴的来临。

我甚至无法表示感激——
他又跟我说话了。
我想找个地缝
钻进去。

神迹

爸妈还在卧室里咆哮,
我从不向他们还嘴。
我没对爸爸大喊大叫,
哪怕他骂我是个"库埃洛[1]"。

我没有还嘴说在我出门的时候
整条街的长舌妇
都在窃窃私语,
把他说得像个"库埃洛"。

但男人们从不被称为"库埃洛"。

我没有喊叫着说任何事,
因为长时间以来,我第一次
在祈祷神迹出现。
然后掐我自己一下,希望
这一切只是一场噩梦。

---

[1] 西班牙语中原意为"皮革",但多米尼加人用这个词指"坏女孩"。

我试图捂住耳朵,
妈妈将我接吻的事说得那么难听,
爸爸叫着我的那些外号,
所有那些孩子都会叫的——
自从我开始发育。

上帝啊,如果你能听到我:
求你,求你。

恐惧

"苏美拉,你怎么回事?"
我不看哥哥。
因为我如果看他一眼,
我会哭出来。我一哭他就会哭。
他一哭他就会被
爸爸骂他为什么哭。

他腾地站起来,
接着又在我面前跪下,
如同他的身体无所适从。

"苏美拉?"

我真想一脚踢走他语气中的恐惧。

"苏美拉,他们知道你回来了吗?
或许你可以从消防通道
溜走?我不会说出来的。我——"

但妈妈的拖鞋声
在地板上响起。
哥哥和我都听见了。

他从地板上起身，
我见他两手攥成了
他从不曾用过的拳头。
当脚步声停在我们房门外，
我忍受着，抱紧双肩。

"我没做错什么，哥哥。
回去做你的作业吧。
或去谈情说爱，随便什么。"

我什么也没做啊！

蚂蚁

妈妈

　　一把

　　　　拉住

　　　　　　我的

　　　　　　　　衣襟

把我

　　拽到

　　　　她的

　　　　　　圣母

　　　　　　　　祭台

　　　　　　　　　　跟前。

将我

　　按在

　　　　地上

　　　　　　直到

　　　　　　　　我

跪下。

"看着圣母玛利亚的眼睛,孩子,祈求宽恕。"

我

　　　低下

　　　　　　我的

　　　　　　　　头

　　　　　　　　　　巴望

　　　　　　　　　　　　　能

　　　　　　　　　　　　　　　钻进

　　　　　　　　　　　地缝。

我这

　　大个子

　　　　实在

　　　　　　不可能

变小,

　　但

　　　　我会

　　　　　　试着

让

自己

　　　　　　　变成

　　　　　　　　　　蚂蚁。

"别让我再浪费粮食。看着圣母玛利亚的眼睛。"

我曾

　　　听说

　　　　　　蚂蚁

　　　　　　　　　能够

　　　　　　　　　　　　承受

　　　　　　　　　　　　　　　十倍于

　　它们的

　　　　　　　　　　　　重量——

"看着她啊,孩子!"

——能够

　　　　匍匐在
缝隙中;

没有

　　　　什么

　　　　　　上帝，

　　　　　　　　只有

　　　　　　　　　　面包屑——

"再给你最后一次机会，苏美拉，'万福，圣母玛利亚……'"

——它们

　　　　将会

　　　　　　幸免于

　　　　　　　　大灾难。

小小的

　　　棕色的

　　　　　蚂蚁们，

　　　　　　　还有

　　　　　　　　筑丘的

　　　　　　　　　蚂蚁们，

　　　　　以及

所有

　　　　　　　　　　　　通身

　　　　　　　火红的

火蚁

　　　　　　以及——

我不是蚂蚁

我的
妈妈
揪住
我的
头发,
让
我的
脸
从
地板上
扬起,
让
我的
脊椎
弓成
教堂的
穹顶。
直到
玛利亚的

脸
近在
我的
眼前。

我
不是
蚂蚁。

只是
被猛地
撕裂。
有什么
被打碎了。
在
我的
妈妈的
手中。

文凭

"这就是为什么
你想离开家
去上大学?
为的是能
和任何男孩
亲亲抱抱,
只要他
笑得足够迷人?
你以为我来
这个国家是为这个?
为的是能
怀揣个
文凭
但永远拿不到
学位?
想得倒美!
你个库埃洛!"

库埃洛

"库埃洛!"她冲着我的脸喊道。
多米尼加人以此称呼"坏女孩"。

一个"库埃洛"的形象是这样的:
一个普通女孩,无兜牛仔裤——
引来男人注目。长发,
鼻环,唇环,舌环,
大耳环,各种环,
除了左手那个有钻石的环。
短裙,短裤,吊带衫,细肩带,
洋装。"库埃洛"要让全世界知道
她很火爆。她热辣辣如日中天。
魅力四射的女孩。丰满的
屁股,丰满的嘴唇,满口脏话。
如水的双臀
等待着溢到饥渴男孩们的
手中。一个平常女孩,
没有任何动人之处——没有
令人瞩目的地方。一个被遗忘的女孩,

一个把头发从中间分成一条缝的女孩。

我是库埃洛,他们说对了。

我希望他们说对了。我是、我是、我是!

我会做任何可以解释

这种大恐慌的事。我会从这痛苦的肉体里松开自己。

看啊,"库埃洛"是任何皮囊。"库埃洛"

只是一个幌子。"库埃洛"是一种散漫之物。

不受任何人捆绑。在风中

猎猎飞扬。飞。飞。飞逝。

妈妈说

"男人的手上没有干净的东西。
　　　　就算那指甲缝里的污垢

已经被洗掉,当肥皂的气味
飘散

在空气中——罪恶还会残留在那儿。
　　　　他们洗过的手知道怎样把你的脊柱

拧成一块抹布,拧断你的脖子。
　　　　别想得到什么纯洁的对待,

当男人用你的泪水做清洁剂;
　　　　他们会用你的骄傲拖地板。

那里没有干净可言,孩子。
　　　　他们的手指生来藏污纳垢,

专门玷污美好的事物。

把你的心当作钢丝球,

脆弱而又坚硬——更别想做该死的海绵。
  他们的手从不知道怎么拧才算轻柔。

每夜,如果你想象男人的亲吻、温柔的触碰和爱抚,
  记住亚当是泥做的,玷污了手,

记住夏娃轻易受到引诱。"

翻来覆去

妈妈粗硬的手
令我晕眩使我想吐。

妈妈祷告啊祷告,
而我的双膝硌在米粒上。

妈妈翻来覆去地祷告,
在她的圣母像的注视下。

整间房子见证了
我的祈祷付出如此高昂的代价。

跪大米时想的与忏悔无关的事

我曾经看我爸爸剥橙子,
刀子一直不离果身。
就是转转转,转动着剥开
一个球体。橙子皮变成一个螺旋体,
内里露出果肉,渗出血色。他多么轻而易举地
剥去了这个水果的保护层,然后将碗
递给我妈妈。她将果皮丢在瓷砖地上,
让果肉在她牙缝间迸溅。

跪大米时想的另一件与忏悔无关的事

我妈妈的手从不曾柔软过。
即使在我小时候,她的两手也是粗糙的,
因为整天要拖地和擦洗。

但我小的时候并不在意。
我们会一起逛街,
我会揉搓着她的老茧。

她会笑着说——
我是她劳作的回报;
我是她耐性的回报。

而我深喜成为她的回报,
她生命中的金色奖杯。
我只是不知我实在太大

她指定的底座已无法容下。

跪大米时想的最后一件与忏悔无关的事

想到膝盖上会留下米粒大小的凹陷。

想到真幸运有牛仔裤保护着皮肉。

想到上学时只好缓步行走。

想到跪在教会长凳上都没有这么难受。

想到父亲和兄长一言不发。

想到感觉发冷,但热血上涌脸烧得通红。

想到拳头握紧了,却无处泄愤。

想到刺骨的痛如何传导到大腿根。

想到从未把牙关咬得这样紧过。

想到痛楚会稍减,只要迫使自己别动,别动,别动。

想到这些想法是多么无用。全都无用。

想到亲吻从不会这么痛。

离家

哥哥在我的膝盖上
敷了一包
冷冻蔬菜。
另一包敷住我的双腮。

"你算走运,你知道的。
她老了。
她没让你跪太久。"

可我的皮肉
仍在隐隐作痛。
我没心情点头称是。
但我知道确实如此。

"苏美拉,别再惹事了,
等我们离开家再说。
很快我们就要离家去上大学了。"

我从没听哥哥说过这么绝望的话,

从没想到过他梦想离家，
像我一样。

我努力不去怨恨他跳了一级
导致他会先行逃离。
我尽量不为他如此轻易被说服而感到沮丧。

我用胳膊肘挡开他，
我担心自己会忍不住出手
伤害到身边的所有。

你想要我做什么?

这么简单的一个问题。
但当卡莉达发短信给哥哥
让他给我看时,
我看着他,把手机还给他。
我并不气恼于他告诉了卡莉达。
我知道他们只是担心而已。
但我想要做的全部无非就是
在妈妈面前不肯做的:

我想蜷起身来,哭泣。

后果

妈妈丢下一个字：不。
像一百粒米撒落。
我又得跪上去。

没有手机。
没有午餐费。
没有教堂礼拜后的半天休息。

没有男孩。
没有短信。
没有放学后的外出。

没有自由。
没有自己的时间。
没有机会去和肖恩神父

做这个星期日的告解。

那天深夜

我唯一想要
与之倾诉的人是阿曼。
尽管哥哥提出让我
用他的手机,
可我不知道我该说什么。
说我们那天好开心,
而后这一切便支离破碎。
说我的心比膝盖更疼。
说我们再也不能在一起。
说我会为了和他在一起
再挨一次打?
也许,无言以对。
我只想他能将我拉入他的怀抱。

11月9日，星期五
在储物柜前

第二天早晨我头昏脑涨。

当我将我的物品放入储物柜，

我没留意到一帮小子

围拢了过来，直到其中一个撞到我，

伸出两手要碰我屁股。

从他同伙的哄笑声中，

从他"哎哟"一声自鸣得意的笑脸上，

我意识到这不是意外。

我扫了一眼楼道。

其他学生都放慢脚步。

有些女生用手掩着嘴交头接耳。

这帮小子大笑着打算走开。

我眼角的余光瞥见了阿曼，

见他慢慢停下脚步，收起笑容。

记忆里这还是第一次，我按兵不动。

今天我不能打架。我内心的一切都感到挫败。
或许我不必打这一架。

阿曼在场。他会出手的。
这是一定的。作为一个在乎我的男生，

他不会任人对我动手动脚，
不会让我感觉自卑。

当然，我跟他说起过，
被人当成公共财产一样打量和乱摸
是一种多么怪诞的感觉。

他会知道这事是多么困扰我。

但阿曼一动不动。
所有我想跟他说的关于昨晚的那些话，
所有自从上次在火车上亲吻后发生的改变，
都在我升腾的怒火中蒸发了。

我感到双膝胀痛，
米粒硌出的青肿顶进了运动裤的布纹。

我想到我所受的惩罚

还不都是因为阿曼?

他不打算出拳。

他不打算为我动怒。

他什么也不打算做。

因为除了我自己没人会照顾我。

我从储物柜前冲过去,

朝着那个摸了我的小子的后面

猛击一掌。

他一个踉跄未及反应。

我死死地盯着他的眼睛:

"如果你敢再碰我,我会用我的指甲

抓破你该死的脸上的每一个疙瘩。"

我砰地关上柜门,走开时给了阿曼一个拷问的眼神:

"你也一样。不劳费心。"

第三部分

旷野中的呼喊

The Voice of One Crying in the Wilderness

沉默的世界

整个星期五和周末,
我生活的世界
都被胶带
封住了嘴。

我戴着隐形的
Beats 耳机
如同消音器。

我听不见老师的话,
或肖恩神父,
哥哥,或卡莉达。

阿曼试着和我说话,
但即使在做生物实验时
我也假装我的双耳塞了棉花。

我不理任何人。

世界近乎平静，
当你不再尝试
去理解它。

11月11日，星期日
沉重

主日弥撒结束后，
在妈妈的眼皮底下，我走到肖恩神父跟前。
他正亲吻婴儿，和老人们寒暄，
但他把注意力全放在我身上。

我提出找他做告解。
他的眼神变得近乎温和起来。
但我说不清这是不是我的想象。

他瞥了一眼我的身后，
望向妈妈站的地方。

他没有和我约在告解室，而是让我
去教区长室与他会面，
那是教堂后面一个亮堂堂的会客室。

我不知有多少真话
会被我结结巴巴地说出。

我穿过边门,
眼神躲避挂在墙上的圣徒像。

我一直在躲着什么,
那件事像十字架一样沉重。

我的告解

该怎么承认这样的事情?
你会以为我怀孕了。
我爸妈的做法
像是我让他们觉得丢人。

说到爸妈。我是指我妈。

我爸通常就是训斥一通,
让我好好听妈妈的话。
而妈妈也是一通训斥,
让我还是好好读读《路得记》。

而我只想告诉他们,
事情没那么严重。

我没有染上性病,也没有怀上孩子。
只是舌头而已。舌吻。

所以我不是很确定当我

进了会客室该对肖恩神父说什么。
或许我对《圣经》记忆有误，
但我真不知我犯了七宗罪中的哪一条。

他坐在我的对面，两脚交叉。
"准备好了就说吧。

我猜你不需要匿名，而且我觉得
这样谈谈要比告解轻松些。你想喝茶吗？"

我望着自己紧扣的双手。因为我无法直视他的脸。

"我想我犯了罪。我没有顺从父母……
尽管他们从没说过我不可与男孩在火车上
接吻，所以我不知这是否就是罪。"

我等着肖恩神父开腔，
但他只是凝望着高挂在我身后的教皇像。
"你真的感到愧疚吗，苏美拉？"
我沉默了片刻。然后摇摇头，不。我说：

"我为我惹了麻烦而愧疚。

为我不得不到这里来而愧疚。

为我不得不对你和她假装

自己把告解当回事而愧疚。

但我不为吻一个男孩而愧疚。

我愧疚是因我被人看到。

我愧疚是因我不得不偷偷摸摸。"

肖恩神父说

"我们的上帝是仁慈的。
即便我们做了不该做的,
上帝也理解肉体的软弱。
但只有当一个人真的悔罪,
宽恕才会被赐予。
我想这比在火车上与男孩接吻
更加深刻。"

祷告

肖恩神父是牙买加人。
他的西班牙语里夹杂着一种特别的口音。
所以当他给拉丁裔教徒传道时,
他讲的话有一半都像自造的。

小孩们捧腹大笑;
老人们为之莞尔。

轮到跟我妈说话时,他既不会自造西班牙语,
我妈妈也不会笑。他望着我妈,
淡褐色的眼睛里透着决然
和温和:

"阿尔塔格蕾莎,我不认为苏美拉
已经准备好接受坚振礼。
我觉得她还存在疑惑。
我们应该先让她找到解答。"

他解释说这并非因为我的告解,

而是我问的一些问题
以及我和他的讨论，
让他觉得我应该
继续上课，
而不是急于在今年接受坚振礼。

我的妈妈绷紧了脸，
好像有人抽空了她所有的欢乐。

我躲避她的眼神，
但她的眼神里一定流露了些什么，
以致肖恩神父抬起了手。

"阿尔塔格蕾莎，请冷静。
记住发怒同样是罪，
像苏美拉可能做错的任何事一样。
我们都需要时间来面对
某些事，对不对？"

我不知道
肖恩神父这是在给我祝福，
还是为我盖棺论定。

我如何分辨

我能分辨出妈妈真的生气了。
因为她的西班牙语说得比平时快,
像卡丁赛车一样冲撞着蹦出来。

"听着,孩子……你别再去教堂让我难堪。
从现在起,你自己好自为之。
听见了吗,苏美拉?

我不会再说第二遍。"
(但我知道她其实会再跟我说第二遍。还有第三遍。)
"真得动点儿真格的了。"

在我们走进家门之前

"你不能背弃上帝。
我本来要进修道院的,
准备做它的新娘[1],
却嫁给了你爸爸。

我想这是一种惩罚。
上帝让我来到美国,
却将我锁在一个坏男人身上。

这是惩罚,
让我很长时间没有怀孕,
直到我怀疑这世上是否有人会爱我。

但即便是一笔买卖也有约定。
所以我们还是在教堂里结下婚盟。
所以我从未离开他。

尽管我竭力找回

---
[1]它的新娘,基督宗教的女性修行者被视为"基督的新娘"。

我的初心。

而坚振礼是我能给你的最后一步。

但你这孩子像家长一样犯下罪孽。

看看你,选择这样一条路,而放弃神圣。

我不知道你是更像你爸爸

还是更像我。"

我的心是一只手

紧握
成拳。
它皱巴巴的,
像一粒葡萄干,
像太紧身的T恤,
像蜷曲的手指,
却没有另一只手
握住它。
所以最终
它只能握紧自己。

11月14日，星期三
一首我妈妈永远不会去读的诗

Mi boca no puede escribir una bandera blanca,
nunca será un verso de la Biblia.
Mi boca no puede formarse el lamento
que tú dices tú y Dios merecen.

Tú dices que todo esto
es culpa de mi boca.
Porque tenía hambre,
porque era callada.
pero ¿y la boca tuya?

Cómo tus labios son grapas
que me perforan rápido y fuerte.

Y las palabras que nunca dije
quedan mejor muertas en mi lengua
porque solamente hubieran chocado
contra la puerta cerrada de tu espalda.

Tu silencio amuebla una casa oscura.

Pero aun a riesgo de quemarse,

la mariposa nocturna siempre busca la luz.

译文

我的嘴巴不会向你挂出白旗,
它永远不会说出圣经的经文。
我的嘴巴做不出谢罪的口型,
哪怕你说你和上帝都应得到我的道歉。

你想让这一切看上去
全都是我嘴巴的错。
因为它饥渴,
因为它沉默。但你的嘴巴又如何?

你的嘴巴是订书钉,
猛力地刺穿我。

而那些我从未说出口的话
最好就留在舌尖,
否则它们只会撞上
你身后紧闭的大门。

你的沉默装饰了一间暗室。

但即使引火烧身，

飞蛾也总是寻找光明。

心碎

我从不想伤害任何人。
我看不出我怎么能
仅仅因为偷吻
便在耳边低声许下承诺。
而现在我知道它被当成了耳边风。
我假装在走廊里没看到他。
我假装在家里看不见他们。
绝顶的演员,因为我总是在假装,
假装我是瞎子,假装我没事。
我装得这么像,真该得个奥斯卡。

这是不是悔恨?这是否值得宽恕?

提醒

我躺在床上做作业
哥哥在看动漫视频。

他不戴耳机了,
这样我也可以听。

(这实际上破坏了妈妈定的规矩,
但她从不会惩罚哥哥。)

剧情进行一半时,插入了
去年冬奥会指定的一个广告。

我肯定是弄出了响动,
因为哥哥回过头来望着我。

他将笔记本电脑静了音。"你还好?"

但我只是把头埋在枕头里。
提醒自己呼吸。

写作

第二天和第三天,
每一堂课我都在本子上写啊写。
嘉利亚诺女士带我去见辅导员,
但我连她也不想搭理,
直到她威胁要给家里打电话,
于是我编造了肚子痛啊压力大啊诸如此类的借口。

躲进我的日记
是我能做到不哭的唯一方法。
我的家是一座坟墓,
连哥哥也不和我说话了,
好像他害怕一开口,
就会让我的表面出现裂纹。

我听到妈妈在电话里
定下计划,要在夏天将我送到多米尼加;
这是终极后果:
她要让我回老家的岛上磨炼一下。

每当我想到将要离家,
离开英语,离开哥哥和卡莉达,
我就感觉像船儿漂在海上:
所有恣意闯荡的可能,
所有迷路的可能。

当阿曼又发短信致歉时，我想告诉他

你放在我手上的手很冷，
你贴近我耳边的唇很暖，
你的"对不起"热辣辣，
但你没有必要道歉。
我很懂沉默。
这一切从不是关于你的，
你只是一次失败的反叛。
（当然　　　我在撒谎
你就是一切
但我不能拥有你
除非我打一场打不赢的仗。）
我知道这一场接一场的仗，
无一是我的初衷。

11月21日，星期三
帮忙

感恩节的前夜，
哥哥拔掉我的耳机，
递给我一个切好的苹果
和一个温柔的微笑。

"你最近吃得不多。"

我接过盘子，盯着水果，
惊讶于他居然留心着我。

"我只是不饿。"
但我将几片苹果一扫而光，只剩下种子。
因为我知道哥哥担心我。
而我真的无法抗拒苹果。

"苏美拉，你可以帮个忙吗？
写一首关于爱的诗，好吗？
为一个人出现在你的生活中
而感恩？"

我大脑一片空白地看着哥哥。
我不知他是否知道
他的脸就要
被苹果的种子刺穿。

某种东西在我的五脏六腑
向苹果发起反叛，
我感觉它想出来，
一股脑儿涌上我的喉咙。

一瞬间，
我想起为阿曼写的
所有的诗，
但我把这个想法赶走了。

我把盘子推到哥哥面前。
"你要我写一首情诗？
为你……那个白面小生？
这苹果就是为了这个？"

哥哥盯着我，满脸困惑，
然后他的表情豁然开朗。

他抢过空盘子端在胸前,就像防弹衣一样。

"他的名字是科迪。

但这首诗实际上是为你,

我想它可以是一种解药,

你该为自己写点儿美好的东西。"

拉我一把

电话响起时,我正帮妈妈做土豆泥沙拉,
切着土豆和甜菜根。

她接听之后转给我。
我想不到会是谁。
卡莉达的尖嗓在我的耳边响起:

"听着,女人,我知道你不开心。
我知道你忙着招架。
但你怎么敢一连两个星期不理我?
难道手机被没收了你就无法打电话给任何人?"

我非但没被惹恼,反而泪水涌上双眼。
这是多么无足挂齿的小事。但又如此寻常。
卡莉达对我从来就是"少来那一套",
她让我知道这次也不例外。

她叹了口气,声音转而变得温柔。
"我为你担心,苏美拉。不要把我们拒之门外。"

她看不到我在电话这边点头。

但我低声说了一声"对不起"。告诉她我得挂断了。

我知道,她知道我其实在说"谢谢你"。

11月22日，星期四
在感恩节

感恩节，

哥哥和我在教堂，和妈妈一起

帮忙舀土豆泥

和豌豆，以及其他我们从不在家吃的

美式食物，

放到无家可归者的盘子里。

我一整天都感到不适。

正如每个人都看得出来的——

我唯一感恩的事情

就是妈妈沉默不语。

就连哥哥用一脸乞求的表情

看着我时，

也令我想掀翻桌子，

用脚跟碾碎所有这些糊状的豌豆。

俳句：感恩节最棒的事件就是妈妈

把手机还给了我。
然后我想起，
我并没有可以发短信的人。

第四篇作文的草稿——《你上次感到最自由是什么时候?》

我那时应该是五六岁,
因为这段记忆很模糊。

但我记得爸爸一直在收看
电视播放的空手道电影,

我妈妈在教堂。
所以没有人打扰我们。

哥哥和我把长袖 T 恤
缠在头上,

把我教堂礼服上的蝴蝶结
像系空手道腰带一样系在腰间。

我们认为这让我们看起来像忍者。
我们在沙发上跳来跳去,
从沙发的塑料套上滑下来,

但千万不要落入"岩浆"之中。

(为什么我们是火山里的忍者?谁知道呢。)

我记得一抬头,
看到妈妈在客厅门口——

我扑向她的怀里。那里有自由,
我飞奔。我相信自己会被接住。

我不记得她是不是接住了我。
但她肯定接住了,否则我怎么不记得跌倒过?

第四篇作文的草稿——《你上次感到最自由是什么时候？》

也许是我上一次开心地读诗？
阿曼在我身边听着，两眼微合——
就在我的嘴巴张开之前的那一刻，
当时我紧张得很，心跳怦怦，
但我知道不管怎样，我都行，我能行。
就在这一刻，说点儿什么，什么都行。
有个人在倾听。

第四篇作文的草稿 ——《你上次感到最自由是什么时候？》

台阶可否算是个自由的地方？
每当我坐在门前的台阶上，
都好像可以打量这个世界，
又不会被它盯得太紧。
整个夏天，就像多年以前，
楼下的台阶成了我的游乐场。
那是我可以自在呼吸的时刻，
没有任何人要求我做不想做的事，
当不想当的人：
一个女孩，差不多算是女人，
坐在阳光里，享受着温暖。
当你坐在自己家的台阶上，
小子们不会太打扰你。
当我和那个我以为真的很关心我的男孩
一起坐在台阶上时，那时也有自由。
以我们的身体相互依偎的方式，
以我终于让自己鲁莽冲动的事实。
来来往往中也有自由，

没有别的理由，你就是可以。

当一切都在催促你走、快走，

你有自由选择坐着，一动不动。

第四次作文的定稿——我实际交上的

苏美拉·巴蒂斯塔
12月4日,星期二
嘉利亚诺女士
《你上次感到最自由是什么时候?》定稿

"自由"是一个复杂的词。我从未像纳尔逊·曼德拉或某些生活中的人那样被监禁过,也从来没有像斗狗用的罗威纳犬或我爸妈养的公鸡一样被关起来。"自由"似乎是一个如此宏大的词汇,是某种过于宏大的东西;或许就像我见过的摩天大楼,在其脚下仰视,但从未获邀登临。

消失

现在
就连午餐
也变成了
另一个
我极其讨厌的时间。
一群男生
开始在
我们安静的桌旁
驻足,
或是试图挤进来,
坐在我们旁边,
看看女孩们
正在画着什么。
有的还伸长脖子想偷看一眼
我的日记本。
这些男生
有些跟我同班,
有些甚至和阿曼一起吸过烟。
老师执勤时

偶尔会留意到。

如果是嘉利亚诺女士,我就没事。

如果不是她,我只能希望

另一位老师

会格外留意坐在角落的

安静女孩。

我已经惹不起

一点儿麻烦了。

所以我的双手

放在腿上一动不动。

嘴巴像

拉链一样紧闭。

每一天

我都希望我能

溜之大吉。

12月10日，星期一
零

当嘉利亚诺女士发回第四篇作文时，
我以为我的名字旁边会有个红色的"零"。
但相反，那里有一段批语：

"苏美拉，
一切可好？下课后来谈谈吧。我发现
你下笔不似平时那么深思熟虑，并且你
又有一门测验不及格。来见我。"

我想着各种
可以从人们眼皮底下溜走的办法。
我没有什么要说——
无论对嘉利亚诺女士还是其他任何人。

我将作文纸叠起来，
叠成小小的、小小的方块，
直到我可以像把握命运一样
把它紧紧地握在手心。

可能性

嘉利亚诺女士是"机灵鬼"。
不等下课铃响
她就将我叫到她的桌前,
并要我站在她身旁,
等她打发走其他学生,

并且她也没打算缓和一下气氛
就直入正题:

"发生什么事了?
你不交作业,
而且比平时更少言寡语。"

但我没有什么可告诉她的。
要说有什么,那就是我的家人信奉的:
家丑不可外扬 ——
家里事,在家说。

所以我只是耸耸肩。

"诗社的事怎么样了?
我一直期待你来。
你的写作非常好。
你甚至不必读诗。
或许你可以只是听听,看看感觉如何?"

我差点儿告诉她我要上坚振课,
时间上错不开。

但后来我记起,肖恩神父
并不指望我再去上课了……
嗯,好吧,妈妈指望我去。
可谁会知道我逃课?
只要她去接我的时候我在。

再说,我有太多要宣泄,
我想我已准备好面对听众。
我压住了就要挂上眉梢的

笑意，只对嘉利亚诺女士说了句：

"如果可以的话，作文我想重写。还有，明天诗社见。"

什么也不告诉我

不知我上一次心怀向往是什么时候。
与阿曼一起的下午似乎已过去很久。
我们现在被分到了新的小组,彼得纳先生
已给我们调换了实验课搭档。
我和一个名叫玛西的女生分在一组,她在
她的笔记本上没完没了地涂画着"桃心"。

有时我会突然发现阿曼在课堂的另一边看着我。
远距离的张望拉长了我们之间的物理空间,
虽然我仍然气恼他没有为我撑腰,
但也有些感到也许我自己也很糟糕。

但即使我想重修旧好,也真的毫无理由。
他和我彼此不能有任何关系。
回想从前,也许我们有的只是一种寄生关系?
其中一方想摄取,而另一方只想维持下去。

也许我们最好到此为止。否则我能给他什么?
别无所有,除了偶尔的吻。

别无所有，除了写了一半的诗。

别无所有，除了躲躲藏藏和为所有我撒过的谎后悔。

别无所有。但至少有明天。至少有诗歌。

12月11日，星期二
伊莎贝尔

"你不就是那个所有男生
总在谈论的高个子新生？"

我在嘉利亚诺女士的办公室，
望着房间里唯一的另一个人——

穿粉色芭蕾舞裙和乔丹鞋的女生，
一看就是那种穿着混搭型的人。

尽管我手心冒汗心跳飞快，
但还是差点儿笑喷。

不知道为什么我总觉得诗社
该有什么与众不同。

我耸耸肩。"我其实高二了。"

她向我歪歪头，拍拍她旁边的座位。
"我是伊莎贝尔，谁会想到你是个诗人呢？真是酷毙了。"

第一次诗社会议

有趣的是,那些不经意的瞬间
会像多米诺骨牌一样排列起来,
摆放好了只为
朝你的屁股一推。
如顺水推舟。

我本该对伊莎贝尔的说法感到不快;
但是相反,我喜欢她能那么直率。
大多数人只是在我背后谈论我,
但她心直口快。

我不想为此兴奋,
因为谁知道呢,我可能不会再来,
但嘉利亚诺女士的那几张海报似乎
招来了一小帮形形色色而又可爱的人。

我们一共四个人,一个很小的诗社,
两个男生——克利斯,曾在我们班上朗诵过一首诗——
就是派发传单那次。还有斯蒂芬,

他超级安静。然后就是来自布朗克斯的伊莎贝尔。

嘉利亚诺女士欢迎我加入诗社。
她要求每个人朗诵一首诗,
作为一种大家互相
自我介绍的方式。

克利斯和伊莎贝尔是背诵,
但斯蒂芬是拿着笔记本朗读。
还没轮到我的时候
我的手就开始颤抖,我只是不停地希望
可以莫名其妙地跳过我。

斯蒂芬的诗充满了最缤纷的意象。
每一行都如百发百中的射击一样精彩。
(我并不是每一行都听得懂,
但很喜欢它在我的脑海里形成的画面。)

克利斯·霍奇斯声音洪亮,说话就像连珠炮,
他对每一首诗都进行了点评——不是"深刻"就是"精彩"。
他自己的诗中则不乏"深邃"和"蒸腾"等词语
(我认为他正在为 SAT[1] 备考)。

---

[1] 申请美国大学入学资格及奖学金的重要考试。

还有伊莎贝尔·培德蒙特·赖利。
她的诗很押韵,她说起话来
像个语速很快的说唱歌手。可以判断出她也喜欢
妮琪·米娜。这个女孩是说故事的高手,
描绘出了一个邀你同游的世界。

我坐在那儿想着,写作是如何
让这些奇怪的陌生人走到了一起。

然后,轮到我开口了。

紧张

我张开嘴,但说不出话。
这可不像我读诗给阿曼。
虽然我希望他喜欢听,
但并不觉得必须得让他刮目相看。

眼下我很紧张,
而这首诗让我觉得还没写完,
或根本不像一首诗,只是一篇流水账。

我的胃里有一个拳头在握紧。
我深吸一口气想松开它。

我从没有想过我的诗要面对观众。
如果有的话,我的诗也该是看的,而不是听的。

房间如此安静,我清了清喉咙——
连我的停顿听起来也太大声。
伊莎贝尔开腔了。

"该你了,女孩。让我们听清楚每一个字就好。"

嘉利亚诺女士点点头,
斯蒂芬轻轻地嗯哼了一声。
于是我紧紧抓住日记本,开始我的"表演"。

当我读完

伊莎贝尔打了个响指,嘉利亚诺女士面露微笑,
不用说,克利斯点评了一番——
关于我的诗的复杂的叙事结构,
或诸如此类。

我不记得
上一次是什么时候,当我讲话时
人们鸦雀无声,认真在听。

自从阿曼之后。
但很高兴,我知道我不必为了找人倾听
而想到他。

我的话语
感觉很有分量,哪怕只是片刻。
这种感觉会令我沉溺其间。

赞美

"你今天做得棒极了,苏美拉。
我知道这并不容易,
让自己那样站出来。"嘉利亚诺女士说。

虽然我习惯了听到赞美,
但很少听到有人赞美我的思想,
所以我无法掩饰脸上泛起的笑容。
我努力在笑开花之前收敛它。

但这感觉就像一个大人终于认真倾听了我的声音。
这是"出事"以来的第一次,
我的感觉近乎幸福。

我想留下来和其他同学交谈,
或者跟嘉利亚诺女士谈谈,但我抬头一看时钟——
我知道我得火速赶往教堂,否则妈妈会知道
我逃了课。所以,我只是说了声"谢谢"
便头也不回地离开了诗社。

卡莉达站在教堂外面

卡：坚振课提前结束了。你妈妈正在里面祷告。我告诉她你在洗手间。

X：糟糕。对不起。我知道你讨厌对她说谎。

卡：没关系，苏美拉。但听着，你这次撞了大运，肖恩神父下课后直接去了教区长休息室。

X：我知道，我知道。他本来可以让我吃不了兜着走。

卡：你又在和那个男生来往？

X：实际上，我是和两个男生在一起。还有一个女生。天啊，你好像要晕过去了！我是去参加诗社活动。那里还有其他同学。放松。

卡：我心脏病差点儿发作。说到诗歌，听说有个"开放麦"[1]活动,在这个星期五。我们有一段时间没社交活动了。跟我一起去吗?

X:我不能去,卡莉达。你知道我妈妈不会让我去的。我麻烦未了。

卡:她会让你去的。只要是和我和你哥哥一起。

---
[1] 即"开放麦克风",一种练习现场表演的活动。在欧美国家,特别是美国的很多酒吧或咖啡馆都会定期举办开放麦活动,为各种现场表演爱好者提供练习的舞台。

希望是个长了翅膀的东西

尽管我对此表示怀疑,
但"希望"已经迅速
飞进了我身体的各个角落。

12月13日,星期四
这里

虽然妈妈余怒未消,
像一条巨龙盘踞在家里,
但阿曼已经停止了
向我说"对不起"的努力。
哥哥似乎越来越伤心——
一天比一天伤心。
我的沉默就像一条皮带
被拉向四面八方,
但我其实已经开始
在英语课上举手,
回答嘉利亚诺女士的问题。
因为至少和她在一起时,
我知道我说什么都行。

俳句

食堂
似乎并不是安全的地方。
只是更适合放松、躲藏。

*

我没去食堂吃午餐。
而是进了洗手间,
坐在隔间里写起了俳句。

*

俳句是诗。
由三句组成,遵循
"五—七—五"句式。

*

传统上,

是将形成反差的想法
巧妙地联系在一起。

*

我就像一个俳句,
有不同的面向,
但没有巧妙的联系。

*

我计算音节,
十指并用,
直到铃声响起。

提供

当洗手间的门被一把推开时,
我收拾起自己的想法和手上的东西,
头压得低低,正匆匆走出去。
我听到一个大嗓门在喊:

"嘿,X。"

我抬头见是伊莎贝尔,
穿牛仔布衬衫和另一条褶边裙,
卷曲的金发蓬松着,
眼神里透着"我行我素"。

"别跟我说你是在洗手间吃的午饭?"

我把托盘上吃了一半的午餐
扔进垃圾桶。一言不发走向门口。

"我只是在诗社见过你,
并不意味着我们是哥们儿。"

这是我没说出口但想说的话。

伊莎贝尔将一只温柔的手放在我的肩上；
那只手令我停下了脚步。

"X，我午餐时去摄影室，
在那儿吃饭、写东西。
就在走廊的另一边，很安静，
而且那个美术老师令我很放松。
你如果愿意也可以过来。"

搂着哥哥

我把家门关好,
伸手拿起家里的座机,
准备打给妈妈让她知道我已准时到家。
但哥哥的抽泣声令我浑身一震。

我把背包丢在门口,
急急闯进卧室,
哥哥正蜷曲着身子,
在我的床上,抱着
一只毛绒大象哭泣。

至少这一次,
我很高兴我们不需言语。
我抚摸着他的一头鬈发,坐在他身边。

我知道出事了——
跟那个红毛男生。

"又被打了?"

我问,使劲摇晃他。

"是科迪吗?之前打你的是不是他?"

但即使满眼是泪,

哥哥看我的眼神仍像我疯了一样。

"不,他没有打我。科迪永远不会打我。

上次眼睛青肿是个白痴干的。

但这次,这次真是糟透了。"

科迪

哥哥的讲述支离破碎:
他上周遇见了科迪的家人,
是在科迪的父母送他去学校时。
显然他们喜欢哥哥(谁不会呢)
并希望他来家里共进晚餐。

(别人家的父母怎么会如此开明?
对我来说真不可思议。
因为一想到如果我爸妈知道了
会是什么反应……想象一下,都会令我的每一节骨头作痛。)

看起来无懈可击,哥哥说,
终于有一个人、一个地方和一个家庭
接受他真实的自我。

但事实证明科迪的父亲
冬天过后就要
为工作而搬走,而科迪

认为相距遥远会令二人关系太难维系。
所以他和哥哥提出分手。
似乎在此过程中,他打碎了
他内心的某种东西。

我将哥哥搂进怀里,
来回摇晃着他。

"我们这对巴蒂斯塔双胞胎没有爱情运。
本来以为我们能聪明地
守护住我们的心。"

麻烦

哥哥止不住发抖,
他瘦弱的身躯一直在颤。
他是如此上气不接下气,
眼镜片上不停地起雾。

我把眼镜从他脸上拿下来,拍拍他的背,
告诉他我们会一起想办法,
说会有更多的时间和空间
让这一切看得更加清楚。

我瞥了一眼时钟。
"你需要冷静一下;
妈妈很快就会回来……糟糕。"

妈妈!我忘了给她打电话了。

多米尼加人的西班牙语课程

布拉瓦（Brava，阴性词尾）：形容词，意为"暴躁、凶猛、暴跳如雷"。

【例句】：妈妈回家就很布拉瓦，因为我一直没给她打电话。当她看到哥哥在哭时就更是如此，以为我对他做了些什么。

【例句】：哥哥没有纠正她，我就变得布拉瓦起来。（我想他可能是忙着止住呜咽。而我现在最不宜做的事就是纠正妈妈的任何说法。）

【例句】：我和妈妈都布拉瓦了；她已威胁寒假一过就要送我去多米尼加，而不是等到明年暑假。（我现在最不宜做的事就是火上浇油。）

【例句】：她是如此布拉瓦，脸色铁青，并且开始屏住呼吸，在心里默祷。然后她一指洗手间，我知道她的意思是让我去做清洁。

许可

那天晚上卡莉达来电时
妈妈一直在电话里听她讲。
虽然妈妈听起来语气不错,
但她一直给我最阴沉的眼色。

最后,她说"好的"。好吧。
我可以和卡莉达一起去参加诗歌活动。
但要哥哥也去才行。

我以为会很难说动他。
他的眼睛已经哭肿,
他不得不骗爸妈说
他是做化学实验不小心揉了眼睛。

但是当我提到"开放麦"之夜,
他肯定是想随便找个借口将科迪丢在脑后,
因为他很快就答应一起去。

12月14日星期五
开放麦之夜

传说中的"纽约黎各"诗人咖啡馆[1]
距哈莱姆区并不太近。

我们坐了两趟火车后还要步行,
冻个半死才走到那里。而当我们到了那里,
排队等待进场的人已甩出了半条街去。

附近的夜总会没有哪一家
能赶上这里一半的人气。

咖啡馆里灯光昏暗,墙上挂着名画。
主持人是一位雕像般的黑人女性,
头发上插着一朵鲜红的花。

当她朗读手上的名单时,
我惊讶地听到了自己的名字。

---

[1] "纽约黎各 (Nuyorican)"是"纽约 (New York)"和"波多黎各 (Puerto Rico)"这两个英文单词组成的新词,顾名思义是指生活在纽约、说西班牙语的波多黎各人。成立于1973年的纽约黎各诗人咖啡馆已成为纽约市波多黎各文化艺术运动的堡垒,是一个著名的西班牙语裔诗歌、音乐、嘻哈、视觉艺术、喜剧和戏剧的开放论坛。

报名

卡莉达告诉我她已替我报名登台。
我的手立刻开始打战。
我必须现在就立即走掉。
卡莉达却若无其事。
她一把抓住我的胳膊,哥哥也拉住我的
另一只胳膊。

"你行的,苏美拉。"

但每当有人上台,
我都将自己与之比较。
我的诗引来的会是
嘘声还是叫好声?
如果没有人鼓掌怎么办?

有些诗人的表现是那么、那么好。
他们令观众捧腹大笑,
他们让我几乎泪如雨下,
他们运用自己的身体和表情,

并且知道如何使用麦克风。

主持人让演出继续推进,
当又一个人走下台时,我知道
我的名字正从她的名单上浮出,直到
她用清晰、干脆的声音喊道:"苏美拉!"
我僵在那儿,一动不动。

"我觉得她害羞了,各位。
有人告诉我她是一个开放麦新手。
大家请继续鼓掌,别停,继续——
直到她上台。"

所以我现在不仅身体僵住,
而且脸也红了,浑身冒汗。
但不知何故,我站起身来,
灯光照亮了我的脸,
令我的眼睛更加眨个不停,而咖啡馆
之前看起来那么小,现在却像
坐满观众的麦迪逊花园广场。

我从未经历过这样的安静。

一百个人在等。

等待我开口发声。

而我不认为自己做得到。

我的手抖得太厉害,

我想不起诗的第一行。

记忆里只是一片空白。

我的心在我的胸口艰难地嘀嗒运转。

我看到最近的出口,

就在通往台前的楼梯边上——

麦克风是"开放"的

——第一行灵光一闪。
我脱口而出,声音颤抖。
我清清嗓子。
我吸了口气。
我重新开始。
我忘记了比较。
我忘记了紧张。
我让字句充满整个室内。
我让字句带我御风而行。

人们在看。人们在听。
当我背诵完
我对镜练习过的
一首诗,他们鼓起掌来。
听起来很大声,
大到我想遮住双耳、
捂上脸。在我之后,
还有两位诗人表演,但我没有听进
一句。卡莉达攥了攥我的手,

还有哥哥,这时也看上去很开心,
他低声说:"厉害啊,我的X!"

但直到我们要离开时,
主持人才一把抓住我的胳膊

说:"你做到了。
你应该来参加青年斗诗擂台赛。
我会在二月份主持。
我想那才真的带劲。"
就在那一刻我发现,
我迫不及待地想再来一次。

邀请

主持人所说的斗诗擂台赛,
就是嘉利亚诺女士
在诗社提到的。
我不是那种相信
"一切都有前兆"或诸如此类的人,
但当我生命有这么多部分
都指向同一个方向……
我很难不追随而去。

即使到了家,
我的手还在发颤。
而我尽量不表现出
汹涌澎湃的内心感受。

好长一段时间以来,这是第一次——
哥哥看上去不悲伤也不心烦。
他只是在我们的房间不停地转身,
脸上放光。"苏美拉,你干得太漂亮了。"

虽然我从来没有醉过,
但我相信那感觉必定是这样的:
走路不稳、傻笑、如梦似幻。

我真切地知道哥哥的意思。
因为今晚这么多诗歌
听起来都像是我们自己的故事。
如同我们看到并被看到。
那该有多么疯狂——
如果我能让别人也有这样的感受?

12月16日,星期日
一路亢奋

整个周末,我都在回味开放麦。
星期六和星期日我不得不按捺住兴奋,
做家务之余奋笔疾书——
写的是诗而不是作业。
星期日去教堂之前和之后都在写作。
我迫不及待想去诗社。
就像要去那里经受淬炼一样;
帮我勇敢起来,
我迫不及地想跟他们讲纽约黎各。

我写啊写,直至夜深,
我的日记本一页页地
因我留在上面的所有文字而胀鼓鼓的。
那感觉近乎
我在纸上写得越多,
我内心的某种东西越能尽快愈合。

星期二对于我已相当于
妈妈的星期日。一个祷告会。

12月17日，星期一
星期一的午餐

我去了美术室，
伊莎贝尔在那儿戴着耳机，
还有一本杂志和一袋辣味多力多滋。
我隔着长桌坐在她的对面，
打开了我的日记本。

突然，她抬起头，
摘下了硕大的耳机。
"告诉我你怎么看。"

她开始朗读，
她的双手在空中挥舞。
我把苹果放下，全神贯注，
因为我感觉这像是个重大时刻。

她结束时没有看我一眼。
而伊莎贝尔并不是那种目中无人的人。
我没说她读得很好，尽管确实如此。
我没说她诗写得漂亮，虽然这也是事实。

"令我为之一震。"我说。

"我被打动了。"我说。

"你应该写下去。"我说。

她冲我微微一笑。

我也以笑回应。

12月18日,星期二
在诗社

我让每个人都知道我去过一次开放麦。

他们似乎很惊讶,
向我询问详情,

并对我说等下次我表演时
他们想去支持。

而让我感到突如其来的
是伊莎贝尔抓住我的手尖叫的样子。

还有嘉利亚诺女士微笑的样子
就像我做了一件令她自豪的事。

"你做得怎么样?"克利斯问道。
我耸耸肩。"没演砸。"

每个人都笑了,
因为他们知道这意味着我表现得不错。

每天的英语课后

嘉利亚诺女士让我给她读些新写的东西。
课间只有五分钟,
我知道我得提前选出最短小精悍的作品。
但每天选一首新诗也令我随之学会了:
慢下来,吸气,自我调整,表达情绪。

寒假前的最后一天
嘉利亚诺女士告诉我:你真是含苞待放。

我想了想这意味着什么。
一个闭合的花苞,开始绽放。
虽然是陈词滥调,但还是完美的。

我在走廊里遇到斯蒂芬时,
他给我读了他刚写的俳句。
在去火车站的路上遇到克利斯时,
他总是给我一个微笑
和一句"怎么样啦,X!又写了什么新东西?"。

而我知道我已为打擂台赛做好准备。
我知道我的诗已成为我引以为豪的东西。
那些词句道出我的心声,
在起承转合中,
语言连接起了人与人。

我终于明白了所有那些
"我永远做不到,永远、永远"的话
是缘于害怕,但即使这样也不能
阻止我了。再也不能。

12月24日，星期一
平安夜

我妈妈不买圣诞树。
相反，她买了三盆大株的一品红，
将它们放在红色的桌布上，
摆在客厅的窗台上。

平安夜，美好的夜晚，
一直是我最喜欢的节日之一。
电视里的白人家庭
总是在圣诞节那天拆开礼物，
但大多数拉丁裔人会在平安夜庆祝。

白天的时候卡莉达来了，
带着她妈妈拿手的蛋酒，
就是点缀了一点儿朗姆酒的那种。
我们和哥哥一起玩电子游戏
并交换了我们为彼此制作的圣诞卡。

妈妈总是让哥哥和我

去参加午夜弥撒庆祝襁褓中的耶稣，
当我们回到家，就能获准拆开礼物。

今年这天我们从教堂回到家，
我便直奔我的房间。

我知道最好不要期待任何事情。
我躺在床上，听着 Chance the Rapper[1]。
这时听到敲门声。
我看了看，以为是哥哥在表示尊重。
但不是他。妈妈打开了门，
手里拿着一个包着的小礼盒。

她慢吞吞走进房间，把礼物放在桌上，
然后好像两手不知道该放在哪里，
她从电脑椅上拿起哥哥的运动衣，
重新把它叠整齐。
当她坐下时，我从床上坐起，不知所措。

但她站起身来，就像她坐下时一样飞快，

---

[1] 原名钱斯勒·乔纳森·班尼特（Chancelor Johnathan Bennett），美国说唱歌手，曾获得格莱美奖等多个奖项。

一边朝礼物指了指,一边走到门口。
"我为你重新调整了大小。
我知道你有多喜欢首饰。"

是一串十字架念珠

我在打开盒子之前是这样想的。
因为妈妈不信任
任何其他类型的首饰。

但是当我打开盖子时,
我看到一枚小小的金片,
上面刻着我的名字,
由一条细金链穿着,穿成
一条完整的手链。

我知道我见过
这枚金片。
我把它翻过来时
想起了在哪里见过。
刻在里侧的
是两个西班牙语单词:
"Mi Hija"(我的女儿)。

这是我儿时的手链。

妈妈肯定一直珍藏着。

直到这么多年过去。

但她现在为什么要调整它的大小？

绝对没有道理。

我将它戴在手腕上，

扣上锁扣。

一侧是她的女儿，

另一侧是我自己。

我百感交集

但主要还是为收到的不是念珠而松了口气。

12月26日，星期三至1月1日，星期二
最漫长的一周

圣诞节后的一周，我生命中最漫长的一周。
我写啊写，我把诗读给哥哥听。
他仍在为情所困，拒绝
和我谈论科迪，但我看到他发短信给卡莉达，
她是我们所有人当中最富同情心的人。
所以他这么做可能是对的。

我频频地读诗，反复地推敲，
不经意间那些诗开始烂熟于心，
直到我的脑袋里装满了文字和故事，
直到我在梦中也在写诗。
而我越写越有斗志。

我写妈妈，写我感觉像一只蚂蚁，
写男孩们总想对我放肆，
写阿曼，写哥哥。有时我一直写，
写到天已破晓，写到妈妈起床

去上工。这么多文字填满了我的本子,
我迫不及待地想分享它们。

但诗社的活动还要再等一星期。

1月2日,星期三
等待的游戏

因为过新年,
我们要等到星期三才开学。

所以一天之差,我错过了诗社。

虽然我很沮丧,
但多出来的一周让我有更多时间写作。

伊莎贝尔和我在午餐时交流诗歌。

如果在楼道里逮住斯蒂芬或克利斯,
我们会插科打诨或谈论新写的作品。

再过一个星期是我的生日。
我意识到新年的开局并不那么糟糕。

1月8日，星期二
生日

生日这天一早，哥哥和我交换礼物——
在出门上学之前。

我给了他一本《冰人》漫画书，
尽管这不是他通常会读的。

哥哥一见就拆开了，
冰人可是个酷毙了的变种人。

并且也是个同性恋。
我给了他一个熊抱，
而他一边推开我，一边说：

"我不知我是否告诉过你，
但我和你是一伙儿的。永远。"

哥哥紧紧地拥抱了我，
并递给我一个包裹。

我扯开胶带,看到皮革封面——
又一个日记本,与第一本如此相似。

"没别的可送吗?"我取笑。

他摇摇头,又冲着我放在厨房桌子上的旧本子点点头,它胀得鼓鼓的,眼看就要散架了。

"不是的,你那本旧的写得太满,而我知道你还没写完。"

我们收拾好东西,手挽着手走向车站。
今天将是美好的一天。

好事

卡莉达在我的语音信箱里唱了五次《生日快乐》。
唱得很滑稽,声音好难听,
但我每次听到都笑。我敢肯定她是想快点儿长大,
在一天之内变成十六岁。

午餐前收拾生物课本时,
一个信封飘落到地上。
里面是两张打印的门票——
参观布朗克斯以北的一个苹果园。

整个学校只有一个人知道
我有多么爱吃苹果。阿曼。
一阵大笑冲上我的喉咙,一直延伸到我的嘴角。

终于又到了诗社活动,
我飘飘然走到门口,斯蒂芬一把将我拉进教室,
克利斯摘下他的棒球帽,哼唱起《生日快乐》——
是史提夫·旺达[1]的版本。

---
[1] 美国盲人歌手、作曲家、音乐制作人。

伊莎贝尔递上一块蛋糕。

嘉利亚诺女士冲我挤了挤眼睛。

我想我今生今世都不会忘记这次庆生。

坏事

我们开始在室内走来走去
朗读我们的诗。我把手伸进书包。

我摸到了哥哥给我的新笔记本,
然后又掏了几下,意识到

我一定是把旧本子忘在厨房桌子上了。

有那么一刻,我非常焦虑:
我见缝插针写下的所有那些诗,
此刻却一首都没法与人分享。

但我凭着记忆,
背出我最得意的一首。
它脱口而出,
如同我有备而来。

推出新作的感觉真好。
听克利斯、斯蒂芬和伊莎贝尔新写的诗

感觉也很棒。

终于我想到了看一眼时钟。
我意识到去教堂要迟到了。

妈妈迟早会发现
我一直没去坚振课。
或许在全班接受坚振礼后
我就再也无法为诗社编造借口。

但就目前而言,我还能继续蒙混过关。
只需赶在她等我之前赶到教堂外面。

我匆匆抓起书包,
挥挥手就跑,而不像平常那样说"再见",
并紧紧拉上我的北面[1]。

我抓起手机飞速地给卡莉达发了短信,
才发现有两个未接来电。

---

[1] 美国著名登山服装品牌,名称的来由是北半球山峰的北坡是气温最低、冰雪覆盖最深、最难以攀爬的一侧。

妈妈在语音信箱的留言
如冰锋刺进我的骨髓：

"我在家等你。"

啪嗒。电话挂断。

丑事

我到家的时候气喘吁吁。
我从车站一路小跑回来,满脸通红。

先匆匆瞥了一眼厨房的桌子
再冲进房间——我的日记本不在那儿。

妈妈坐在我的床边。
我的日记本就躺在她的双手之间。

她抬眼盯住了我。
我感觉自己脸上顿失血色。

从客厅里传出棒球赛声,
但我知道爸爸和哥哥谁都救不了我。

我的手有一种想把日记本抢过来的冲动。
但我站在门口没动。

她轻声说:"你以为我的英语

不足以看懂你在谈论男孩、

教会和我?你以为我看不懂所有这些可怕的事情?"

我的妈妈似乎总是一个大女人。
尽管她比我纤瘦矮小。

这一刻,她站起身。
我在她愤怒的目光中畏缩了。

"你的那些想法,你写出来,
供人们阅读……而不感到内疚、羞耻,

我怎么有你这样的女儿?"

她好像失去了方向。好像我突然拔走了锚——
从她漂浮的唯一的船上。

她一手抓着本子。
这时我注意到了一盒火柴。

那盒总放在炉灶上的火柴。

此时放在我的床上。

我不知道哮喘发作是什么样的感觉。
但肯定是这样的:

像一只爪子伸进你的胸腔,
把每一口空气都猛烈地抽走——让你喘不过气,

在你猝不及防时重重一击——

她点燃了火柴。

让我解释

我对她说。
说没有人看到这些句子。
　　　　说那只是我自己的心事。
说写下来对我有益。
　　　　说那都是隐私。
说她根本不该读到我的诗。

说我很抱歉。
　　　　我很抱歉。
　　　　　　　　我很抱歉。

我的手指紧掐门框。
　　　　这是唯一能撑住我、

　　　　　　　　　　　阻止我的东西。

我的愤怒想要成为一个生命——
　　　　有牙齿，有指甲，但我紧紧地揪住它，
因为这是我的妈妈。而且我的确很抱歉。

让她发现，　　　我写过，我曾以为
　　　　我的想法是我的。

她举起点燃的火柴，
　　　　　　　　对着我日记本的一角。

"去拿垃圾桶来，苏美拉。
我不想在我的地板上留下灰烬。"

如果你的手使你犯罪

"如果你的手使你犯罪……
如果你的眼睛使你犯罪……
如果这个本子,这些文字,使你犯罪……"

皮革烧着的焦味刺激了我。
我一把推开门框,
冲过去伸向她的手。
几百首诗,我想,
一年又一年的写作。

没等我够着日记本,她转过身子,
胳膊肘猛地推抵我的胸口,
口中一遍遍重复着:

"如果你的手使你犯罪……
如果你的眼睛使你犯罪……
如果这个本子,这些文字,使你犯罪……"

这是我生命中第一次

理解了"绝望"这个词。
它是腹中怎样一种尖锐的饥饿。

求你！求你！求你！

她举着点燃的火柴甩开我，
但我又抓了一把，
冒着烟的本子落到了地上。

我们都伸手去拿。
正当我的手指触到封面，
感受到皮面上那个已经被磨旧的女人图案时，
我的妈妈狠狠地给我的屁股一巴掌。

圣诞手链"啪嗒"一声跌落，
但当我倒在门口地板上喘气时，脸颊被擦痛，
我能做的只是眼看一页页纸燃烧。

当她口诵经文时，
话语也从我嘴里冒出，
我记忆中所有的诗句和篇章都涌了上来，
声音越来越大，乱成一团，

直到从我肺的深处发出号叫，
像从胸口掏出匕首一样吐出字句，
它们是我唯一能用以还击的武器。

诗篇

"我是 X 标记的所在,
我来应战——"

        "万福,玛利亚,[1]
          你充满恩宠;"

"我即指示,
我在这条线上签字。"

        "上帝与你同在;
         你在妇女中
          受赞颂,"

"我是 X,
身披铠甲,
每天早上武装好自己。"

        "你的亲子耶稣
         同受赞颂。"

---

[1] 本节楷体字部分均出自天主教《圣母经》经文。

"我的名字很拗口,
我的双手也硬邦邦。
我举起它们来建造
我自己的教堂。
这个 X 总是个预兆。"

       "天主圣母,玛利亚,
    求你现在以及我们临终时,
         为我们罪人祈祷。
           阿门。"

烧

妈妈盯着我,就像我说着方言一样,
并继续她的祷告。

我们是疯女人,互相用诗歌和经文叫骂,
像战场上的手榴弹,暴力的诗刺耳轰鸣——

然后我们都气喘吁吁,相对无语。

泪水从我们的脸颊滚落,
但我的泪不是因为烟雾。
我靠着自己的舌头咳嗽。
我从来没有为死去的东西哀悼过,
直到这一刻。

我没有更多的诗了。我的大脑空白一片。
一声咆哮从我嘴里裂开:
"烧掉它吧!烧掉它吧。
这就是诗歌的葬身之地。"我说着,

用一只拳头捶打自己的胸口。

"你会烧了我吗?你会把我也烧了吗?
如果可以,你会连我也烧了,不是吗?"

有烟就有火

我不能确定爸爸和哥哥是何时出现的,
但我感觉到哥哥从我身边冲了过去。
他伸手去抓日记本,
但妈妈喝退了他,
并在冒烟的本子上踩踏。

爸爸来到房间。
他对我的妈妈轻声细语,
一遍又一遍地唤着她的名字,
"阿尔塔格蕾西亚,阿尔塔格蕾西亚。"
当他伸手要拿那个本子,
她再次喝止他;
但他以柔相待,
像去接近一只怒气冲冲的比特犬。
他弯下腰,抓住了日记本的一角,拽过来。

趁她一松手,他将本子拍打在墙上,
试图扑灭烧着的皮面,
冲哥哥大喊快拿灭火器。

一种气味是否可以文在你的记忆里?
这是一个复杂的隐喻,不是吗?
我的日记本烟熏火燎,
我的心感觉像被烤得酥脆,
而我所能想到的只是复杂的隐喻。

日记本烧着的瞬间,你在想

如果我被火烧着,

我能靠谁

泼水把火浇熄?

如果我是一堆灰烬,

我能靠谁

将我敛入一个漂亮的花瓶?

如果我不过是灰尘而已,

会有谁去追风

努力把我重新拼凑到一起?

日记本烧着的瞬间,你还在想

我永远不会
再写一句
诗了,
永远不会。

我永远不会
让任何人
看到我全部的内心
并毁了它。

妈妈试图抓住我

爸爸从哥哥手里抢过灭火器
扑灭了火苗。
妈妈一直站在火焰后面。
但随着化学干粉在我们之间扬起,
我的膝盖都知道她将带我往何处去——
在粉尘落定的那一刻。

我爬着后退几步退到走廊,
腾地站起身来,
没让她抓到我。

我挺起身来站着。
我很高兴我仍然
穿着外套挎着书包,
因为我要离开。

我冲到门口,
转身见哥哥拉住妈妈。
她举着手臂　　　　　　一把弯刀

  准备劈向我。

我三步并作两步下楼。
而当我终于出了家门,
我吸了一口气——
我无处可去。
一无所有。

回复

哥哥立即开始给我发短信。

但我不回。

当我终于回复时——

我回复的是两个月前收到的一条短信。

X：嘿，阿曼。我需要谈谈。行吗？

往车站走的时候

我打电话给卡莉达。
她一接通先唱起了《生日快乐》,
但刚一开口马上打住。
"怎么了,苏美拉?你在哭?"

我只说了声"嘿"。
但她从我的声音里分辨得出
我的世界着火了。

我做了一个深呼吸。
她让我去她那里。
她告诉我她会等我。
她问我需要什么。

"联系一下我哥哥。
确保他没事。
我只是需要透气。
我只是需要离开。"

一个很长的停顿。
我可以想象她在点头——
在电话那边。

"我在这儿等你吩咐。
你会搞定的。"

这就够了。

乘车

火车停下来又启程,
像一个咳得厉害的女人。
但当我上了路,
我又岂止是感觉昏头昏脑,
所以火车的颠簸
对我完全不算烦扰。

在高地站下车时
天上飘雪了。
我仰起脸感受雪花的浸润。
我假装置身电影,
天空在为我疗伤。
但结果这让我感觉更冷。

我站在那里等。
我知道他说了他会来。
相信他会。

脖子上被轻轻地扎了一下,

给了我唯一的线索，
随即我闻到了他。
他的古龙水是一朵云，
里面有我们太多的回忆，
我甚至毫无察觉。

阿曼伸出手来
碰到我的手。但他沉默不语。

我继续仰着脸。
把他的手握紧在自己手里。

不回头

阿曼问这问那,
但我几乎没听进一句。

我唯一感到的
是他手掌的温暖。

我们漫无目的走了一阵。
直到我注意到:阿曼在发抖。

我终于看着他。
认真地看着他。

他的头发湿了,他的睫毛上
沾着雪融的水滴,

他穿得很单薄,
只有一件薄薄的连帽衫。

我可以看到他运动裤下裸露的脚踝——

他一定是没来得及穿袜子就冲了出来。

我拉着他的手,看着他冰冷的脸颊低声说:
"你冻坏了。我们离开这儿吧。
你就住在附近,对吗?"
他扬了扬完美的眉毛。
一切尽在不言中。

小心翼翼

爬了漫长的五层楼梯。
我把全部的沉默和时间用来思考。

我知道阿曼的爸爸上夜班。
我知道阿曼在晚上听音乐、做作业。

我差点儿笑了。
我们在一起的开心日子里,我一直回避来这里。

而现在我只剩下了一团糟,
才会不顾一切进了他的家。

他的沙发软软的。棕色,垫子似的。
和我的一样,没有塑料套。

我不脱外套。也没卸下背包。
我只是把头往后一仰,闭上眼睛。

我能听到阿曼在我身边走动。

桌子腿刮蹭硬木地板。

冰箱门轻轻开合。

然后音乐响了。

但不是我预期的 J. 科尔。

根本不是嘻哈。

相反，是贝斯琴弦和软钢鼓。

是索卡[1]，我想，但舒缓而抚慰人心。

当阿曼拽我的靴子时，我终于睁开眼睛。

他正在我面前弯着腰，

盯着我那双不匹配的袜子。

然后他在我身边坐下。

我终于开始觉得温暖。

他没问我出了什么事。

但这个问题就像一只飞艇划过他的眉心。

所以，我给他讲了我所有的诗、

---

[1] 起源于特立尼达和多巴哥的一种加勒比舞曲。

所有的句子、所有的想法——那个我曾经安放自己全部的

唯一的所在,
已化为一堆灰烬。

浓烟必定仍旧呛在我的胸口,
因为当我说完的时候那里是如此的痛。

阿曼一言不发。
他只是将我拉入怀中。

在阿曼的怀抱里

在 阿曼的 怀抱里，我 觉得
温暖。

在 阿曼的 怀抱里，我 觉得
安全。

在 阿曼的 怀抱里，他说
对不起。

在 阿曼的 怀抱里，我说
对不起。

在 阿曼的 怀抱里，我想
忘记。

在 阿曼的 怀抱里，我的
嘴找到了他的。

在 阿曼的 怀抱里，我的

手触摸肌肤。

在 阿曼的 怀抱里，我的 衬衫
脱落。

在 阿曼的 怀抱里，我
羞涩了一瞬。

在 阿曼的 怀抱里，我
美啊 美啊
好美。

在 阿曼的 怀抱里，我 感觉
好美。

在 阿曼的 怀抱里，我的
扣子松开。

在 阿曼的 怀抱里，我 裸裎
自己。

在 阿曼的 怀抱里，赤裸裸

肌肤相亲。

在 阿曼的 怀抱里,亲吻
亲吻 我的脖子 和
耳朵。

在 阿曼的 怀抱里,指尖
触到我的双乳。

在 阿曼的 怀抱里,我屏住
呼吸。

在 阿曼的 怀抱里,我感觉
美妙。

如此美妙。

而我也知道

我们必须停下来。
因为眼下,我们躺在沙发上,
他在我身上。

他的吻如此温柔,
一切如此美妙。
但同时,我感到他压了过来。
那仍是一个悬而未决的问题,
我没有回应。

当他的手抚摸我的大腿
然后向上移动——

我终于知道为什么岛民们要悬崖跳水。
为什么他们要在一跃中领受自由、放飞
以及他们必先怎样地恐慌一下——
当海浪冲向他们。

我阻止了他的手。我从他的亲吻中别过脸去。

他呼吸急促。他还在用力地吻我。

他的身体还压着我的,重重地。

"我们必须打住。"

纠结

有时我会戴那种很长的三股项链。
我喜欢它们的样子。像仿金的蜘蛛网。
但它们最难存放。

下次想戴时,它们就如同一团乱麻,
分不清头绪,打成了结。
这就是我要阿曼停手那一刻的感觉。

像一大团乱麻。
我感觉:罪过,因为他看起来如此
泄气。我感觉:炽热得想要。我感觉:想哭,
因为一切都乱了套。我感觉:

恐慌在慢慢消散,因为我能思考了。
我只需要片刻,让事情放慢速度,
好让我打开体内的结。

接下来

我等着他喊出各种骂名。
我知道女孩在这一刻会被羞辱。

我坐起来把内衣遮在胸前，
不记得它是怎样被解开的。

当他的手指掠过我的背脊，
我的身体整个僵住。等候着。

但他只是拉起我的肩带，
将我的内衣扣好。将我的Ｔ恤递给我。

我穿上时，我们沉默着。
我等着他递给我靴子，

冲我指指门口。
我知道事情本该如此。你顺从，或者你出去。

所以我很惊讶，他递过来的不是靴子，

而是他自己的 T 恤，

见我满脸困惑地望着他，
他又收了回去，用袖子

擦去我脸颊上的泪水。

有些话

需要说出来。
但我们一句不说。

我们看冬奥会的精彩视频。
我帮阿曼炒鸡蛋和甜芭蕉。

我抿着马耳他[1]。阿曼喝着一瓶
他爸爸的加勒比啤酒。

窗外的纽约夜已阑珊。
但在阿曼的客厅,时间已经停止。

我打起瞌睡,灯光昏暗,
电脑嗡嗡响。

耳边伴着阿曼轻柔的呼吸,
我想到了我今天经历的所有的第一次,

---

[1] 一种麦酒,不含酒精的软饮料。

以及所有我选择保留的。
这个想法比那个

打破的想法更好。
因为我的内心深处知道

今天走出的一步，
我将永远无法撤消。

1月9日,星期三
面对

我走进第一节英语课的教室,
嘉利亚诺女士看了我一眼,
并从她的桌边站起来,示意我出去谈谈。

阿曼给了我一件他的T恤,
但我穿着并不合适,
所以我身上还是昨天的衣服。
而嘉利亚诺女士看我的眼神
让我知道她已看出不对劲。

但她没有提衣服的事;
她说的是她给我家打过电话,

说当我跑出诗社时,她就很担心,
从学校通讯录中找到号码,
跟我爸爸通了话,他听起来急得发疯,
说我全家都不知道我在哪里。

她问我是否给家人打过电话。

她问我发生了什么事。
而我正心潮起伏。

因为我不知道该跟她从何谈起。
她把一只温柔的手放在我的胳膊上,
我看着她的脸——
她并不比我大太多,
是个拥有西班牙裔姓氏的女子,
喜欢书籍和诗歌,
我第一次留意到她很漂亮,
有着柔和的嗓音,并打过电话到我家,
因为她放心不下。
于是我不由自主地向她和盘托出:

坚振课,为参加诗社撒了谎,跪大米,
烧日记本,离家,睡在阿曼家。

我的脸滚烫。我说得飞快,
我怎么也想不到我为什么会说出这些,
也不知别人是否在看我;但我似乎停不下来,
说出我一直咬紧牙关绝口不提的一切,
还说出了我甚至不曾察觉到的想法:

"我恨她。我恨她。我恨她。"

我冲口而出,冲撞着嘉利亚诺女士娇小的身体,而她紧紧拥抱了我,用她纤细的双臂搂着我。她一遍又一遍地对我说:

"深呼吸。深呼吸。
没事的。深呼吸就好。"

"你不必勉强自己做任何事"

于是我深深地吸了一口气。

我竟没意识到我需要这么做。
何曾有人这样对我说过?
也许只有阿曼,他从不勉强我——
吸烟、亲吻,或任何事。

可其他所有人都想让我听话:
妈妈想让我做一个得体的小淑女。
爸爸想让我甘愿不被放在眼里、不声不响。
哥哥和卡莉达希望我乖乖的,这样我就不会
   引起注意。
上帝只想让我规规矩矩,这样我才配活下去。

谁为我想过呢?苏美拉想要什么?
何曾有人告诉过我
我有权阻止这一切?
无须我的拳头,或我的愤怒,

只需几句简单的话语。

"但你得和你妈妈谈谈。
认真谈谈。你确实需要弄明白
怎样与她建立行之有效的关系。"

嘉利亚诺女士递给我一张纸巾，然后我对她说

好的。

回家

是我做过的最艰难的事情之一。
一整天我都心不在焉。不确定我需要做什么,

以及怎么做。一想到这些,
一想到我走进家门时会发生什么,
我的手就发抖。

因为我说话的时候妈妈会充耳不闻,
她唯一能听进去的就是上帝的圣训。

午餐时,伊莎贝尔没问我出了什么事,
她只是递给我一袋多力多滋。

生物实验课后,阿曼在我们走出门时搓了搓我颤抖着的手。
他温柔的举动温暖了我。

最后一节数学课,嘉利亚诺女士来到教室,
给了我一个写有她手机号码的字条,以便我需要时
　　可以跟她通话。

当我牵着阿曼的手,走出学校时,
卡莉达和哥哥都站在校门前。

虽然他们都不能替我去见妈妈,
但我知道我并不孤单。
而且我终于想到谁可以帮到我。

阿曼、哥哥和卡莉达

我将阿曼介绍给哥哥和卡莉达,
然后我们一起往火车站走。

我想问哥哥发生了什么事——
在我昨晚离家后。

但我不想知道。

我可以看出他有多疲惫,
不管是因为什么,都不是好事。

过了好一阵子没有人说话。

卡莉达攥了攥我的手嘱咐我"给她打电话"。
阿曼吻了我的额头,告诉我"我们会好的"。

当哥哥捕捉到我看他的眼神,

他给了我一个温和的微笑。

接着他的眼睛开始湿了。

在那辆晃动的火车上,我们也摇晃着相拥。

神助

我停了一下,
在回家之前。
因为我知道
救兵来了——
以一种神秘的方式。
而我将需要
一切尽可能的帮助。

回家

在家门口,我把钥匙插进去,
但没有拧开。
我能听到身后两个人的呼吸。

妈妈可能还没回来。
我还有时间整理我的思路。

我让自己冷静一下,
但当我打开门的时候,
她就在那儿,站在厨房里
拧着一块抹布。双眼通红。

她看起来很瘦小,如此瘦小。
哥哥捏了一下我的肩膀,
在我身后来回走着。

我深吸一口气,挺起胸膛。

"妈妈,我们需要谈谈。

而且我认为我们需要帮助。"

我闪到一边,让肖恩神父侧身挤进厨房。
他向妈妈伸出一只手:"阿尔塔格蕾西亚。"

这个我惧怕的女人,
这个既是妈妈又是怪兽的女人,
我天空中最耀眼的太阳——
明亮、刺目、把我烧着的太阳——

她隆起双肩,开始抽泣。

静静地,静静地,哭得全身颤抖。
我哽咽了,一动不动。

然后我走到她的身边。

妈妈和我

可能永远不会成为朋友。
绝不会一起选购舞会的礼服,
或给对方的指甲油上画图案。

我的妈妈和我
可能永远学不会
如何给予和接受
来自对方的道歉。
我们可能彼此
过于相像。

但我们的手臂可以做到
我们的言语所不能及的。
我们的手臂可以够得到。
可以紧紧拥抱。

可以教我们
要相互铭记。

那种爱可以是一根绷带：
拉得太紧就会断开；
但也足够有弹性，
能从最乱糟糟的死结中绕出来。

我的妈妈并没有说对不起。
没有说她爱我。
我希望有一天她能说出口。
但眼下，她重重地拍了拍我的背，
一只手穿过我的头发——
这小小的、瞬间的柔情，
便足够了。

1月24日，星期四
更加强大

在生物实验课上我们了解到"侵蚀"。
了解到水滴如何随着时间的流逝
可以在几个世纪之后滴穿一块岩石，
可以劈开整座大山——
一点、一点地。

接下来的几个星期，
妈妈和我努力打破
我们之间的一道道墙。
我们每星期见一次肖恩神父，
与他交谈。有时谈谈我们彼此。

有时只谈谈我们的日子。
妈妈开始教圣餐仪式课，
我从没见过她如此快乐。
小孩子们令她笑口常开，她兴奋地
教着某些礼节，令我想起
她也曾经这样教我。

这段甜蜜的记忆变得更加甜蜜,
当我们第三次与肖恩神父会面时,
她把刻着我名字的手链还给了我,
金链断口已被煅接过,
但仍算完好。
哥哥和卡莉达有时也参加我们与肖恩神父
的会面。哥哥坐在椅子上不自在地
扭来扭去。我知道他有很多话欲言又止。
但我希望,有一天,他能说出来。

令人惊讶的是,爸爸挺能说的。一旦开了口,
他就让我们所有人忍俊不禁,而当我们谈论
他所做过的伤害我们的事情,他并不走开。
他会倾听。

有一天,在大家正要离开的时候,
肖恩神父转向我,
我强打起精神,
担心他会问坚振礼的事——
那仍是我不想捅的蚂蜂窝。
但相反,他说:

"你哥哥说你要参加诗歌比赛。

那是属于你的擂台,对吗?

我猜我们都在受邀之列吧?"

备战擂台赛

嘉利亚诺女士不许我退缩。
尽管诸事缠身,
她说我绝不能错过。

所以,我不是在家对着镜子彩排
就是在诗社。

虽然我损失了那么多诗,
且每当想到这些损失,我都更加痛心,
但我同时也为我记起的一切感到骄傲。
我试图说服自己,重写首先意味着
这些句子真的重要。

我需要一首真正精彩的诗,尽管我讨厌
被人评判和打分……
但我喜欢有人听我读诗。
(当然,还喜欢能赢。)

但,问题是,我所有的诗都是私人的。

其他一些参赛者——
我知道他们写的都是政治和学校的事情。

而我的诗呢？是关于我的。
关于哥哥和爸爸，关于阿曼，
关于妈妈。
我怎能在陌生人面前说这些呢？
家丑不可外扬，对不对？
"你错了。"嘉利亚诺女士对我说。

她告诉我文字使人得以
做血肉丰满的自己。难道这些不正是

我最需要听到的诗？

嘉利亚诺女士解释擂台赛的五大规则

1. 所有诗朗诵都必须限定在三分钟之内。
2. 所有作品都必须是诗人的原创。
3. 不得使用道具或服装。
4. 不得与他人同台表演。
5. 不得使用乐器。

苏美拉参赛的五大秘密规则

1. 不要在台上晕倒。
2. 不要在台上忘词。
3. 不要在台上口吃或明显露怯。
4. 不要对自己的诗做免责声明或介绍。
5. 不要在尚未朗诵完一首诗之前走下台。

擂台赛之真正的诗社规则

1. 发自内心。
2. 不忘初心。
3. 全情投入。
4. 言无不尽。
5. 不要演砸。

2月1日，星期五
诗性正义

距擂台赛还有一个星期的那天，
哥哥、妈妈和爸爸坐在沙发上。
我做了个深呼吸，
克制着焦虑。
我张开嘴

又闭上嘴。
我做不到。
我演不了——
在他们面前。

感觉客厅太小；
他们离我太近。
诗句缩起来躲到我的舌头下。

哥哥冲我点了点头以示鼓励，
但我看得出连他都紧张于
爸妈会如何反应。

我闭上眼睛,
感觉这首诗的开头几句
正一点点舒展开,

在我的嘴里扩张,
令我放声——
后面的诗行如期而至。

感觉房间太小,
所有目光都在我身上,
我退后一步,

继续盯着墙壁,
全家福
悬在爸爸的头顶。

当我一首终了,哥哥报以微笑。
当我一首终了,爸爸鼓起了掌。
当我一首终了,妈妈歪了歪头

说:

"少用手势,

下一次,en voz alta(大点儿声)。

大点儿声,苏美拉。"

2月8日，星期五
擂台赛前一天的下午

阿曼和我去了吸烟公园。
我没告诉他我很紧张，
但他仍然握着我的手，
把一只耳机塞进我的耳朵，
放妮琪·米娜的歌给我听。

听完专辑，
我起身要走。
但他拉住我的手
把我拉到他的腿上。

他对我笑着：
"X，我有礼物给你。"

我看到他的手机屏幕
已经从
音乐播放应用程序转换为笔记本程序。

我震惊了，他竟然开始

给我读一首诗。

诗很短,也并不是很好,
但我仍然眼泛泪光。

因为除了我所有那些
写给他和其他人的诗,
这是有生以来别人写给我的第一首诗。

"我永远写不出像你那么好的诗,诗人 X。
我相信你足够强大,
能同时保护你自己和我。

但我会永远支持你,
我会永远守护你的心灵。"

我从来没有听到过
比这更值得打一百分的话语。

在纽约全市斗诗擂台赛上

在嘉利亚诺女士的帮助下:我让诗从我的心中升起。

有哥哥帮我备战:我递上诗稿时就像奉上我精心包装的礼物。

拿着全新的日记本:我表现得就像我理应来到这个地方。

受阿曼(和J.科尔)的启发:我没有看到大家起立鼓掌。

有音乐视频和英语课:我没有看到卡莉达和伊莎贝尔在喝彩。

有卡莉达牵着我的手:阿曼和哥哥互相碰拳击掌。

妈妈和爸爸坐到了前排:我没有看到一袭长袍的肖恩神父在微笑。

有肖恩神父在观众席:我没有看到爸爸对人们说"那是我女儿"。

伴随伊莎贝尔和诗社同伴的欢呼:我看了看妈妈,冲她点点头——

我站在台上,朗诵了我的诗。诗行里面充满力量。

为我庆功

擂台赛之后,
妈妈和爸爸
邀请我的朋友们做客,
还有嘉利亚诺女士和肖恩神父。

妈妈做了米饭和豆饭,
订了披萨——
真是奇怪的混搭。
但我没有抱怨。

妈妈和爸爸
不会称阿曼
为我的男朋友。
但他们让他坐在沙发上。

兴之所至,
伊莎贝尔开始用手机
播放一曲巴恰塔,
把卡莉达拉起来一起跳舞。

在我旁边,

我看到哥哥用脚轻打着节拍,

并假装不去看斯蒂芬。

阿曼开始用声田[1]播放歌曲。

嘉利亚诺女士和肖恩神父

开始热烈地谈起弗洛伊德·梅威瑟[2]。

然后有人在我的肩头

轻轻拍了拍。

我转过头看到老爸

正向我伸出手,

然后拉我的胳膊

叫我一起跳舞。

"我早就应该

教你跳舞。

跳舞是一种表达爱意的

好方法。"

我正好看见妈妈的眼神,

---

[1] 又译"声破天",某音乐串流服务平台。
[2] 美国著名职业拳击手。

她站在客厅的门口,对我笑笑,说:

"往前走,苏美拉,

别后退。"

她说得对极了。

别后退。

我和爸妈相视而笑

然后向前走。

作文——草稿与定稿

苏美拉·巴蒂斯塔

3月4日，星期一

嘉利亚诺女士

《阐述一句你最喜欢的名言》

"你的言语一解开，就发出亮光，使愚人通达。"——《诗篇》（119：130）

我在一个终日祈祷和沉默的家庭中长大。虽然耶稣宣扬爱，但我并不总能感到被爱。《圣经》的不可思议之处在于：它里面几乎所有内容都是一种隐喻。所以在我看来，当《圣经》将"教会"描述为"两个或更多人讨论上帝的地方"时，这并不仅仅意味着它是像教堂一样的教会。我不知道上帝为何物、何人或在何处。但如果一切都是隐喻的话，我认为他或她是我们的对照。我想我们都像上帝一样。

我想，当我们聚在一起谈论我们自己、

谈论身为人类、谈论有什么令我们受伤时，我们也在谈论上帝。所以也就是谈论教会，对吧？（我知道这似乎是亵渎神明，但我的神父告诉我，发问并没有关系……即使提出的问题看起来很奇怪。）所以，我喜欢《诗篇》里的这句话，因为即使它谈的不是诗歌，却是与诗歌有关的。它是关于一切能将我们聚在一起的词汇，关于我们如何从中组成一个家。我不知道我是否会像我的母亲一样敬仰上帝、像我的哥哥和最好的朋友一样虔诚。我只知道，我要学会相信自己话语的力量，这是我生命中最能放飞自我的体验。是它，给我带来了最多的光亮。

伊丽莎白·阿塞韦多
Elizabeth Acevedo

《纽约时报》畅销作家，
拥有表演艺术学和创意写作学双学位，
美国斗诗赛大满贯冠军，
现居住在美国华盛顿特区。

图书在版编目（CIP）数据

诗人X /（美）伊丽莎白·阿塞韦多著；刘怀昭译
.—北京：北京联合出版公司，2021.1
　ISBN 978-7-5596-4513-5

Ⅰ.①诗… Ⅱ.①伊…②刘… Ⅲ.①长篇小说－美
国－现代 Ⅳ.①I712.45

中国版本图书馆CIP数据核字（2020）第165590号

The Poet X

Copyright © 2018 by Elizabeth Acevedo
Copyright Published by arrangement with Erin Murphy Literary Agency,
Inc. Through Rights People, London
ALL RIGHTS RESERVED

诗人X

作　　者：	〔美〕伊丽莎白·阿塞韦多
译　　者：	刘怀昭
出 品 人：	赵红仕
责任编辑：	夏应鹏
选题策划：	千寻Neverend × 乐府文化
特约编辑：	耿　丹　刘美慧
装帧设计：	木
内文排版：	史　明

北京联合出版公司出版
（北京市西城区德外大街83号楼9层 100088）
北京联合天畅文化传播公司发行
北京华联印刷有限公司印刷　新华书店经销
字数200千　1092mm×840mm　1/32　13.5印张
2021年1月第1版　2021年1月第1次印刷
ISBN 978-7-5596-4513-5
定价：58.00元

版权所有，侵权必究
未经许可，不得以任何方式复制或抄袭本书部分或全部内容
本书若有质量问题，请与本公司图书销售中心联系调换。电话：(010) 64258472-800